XIAOXUESHENG BI DU SHUMU ZHUYIN MEIHUIBAN

小学生必读书目·注音美绘版

FU ER MO SI TAN AN JI

福尔摩斯探案集

〔英〕柯南·道尔 著 田小燕 改编

中国农业出版社

·北京·

图书在版编目（CIP）数据

福尔摩斯探案集 / （英）柯南·道尔著；田小燕改
编 . — 北京：中国农业出版社，2018.1（2021.9重印）
（小学生新课标必读书目：注音美绘版）
ISBN 978-7-109-23135-1

Ⅰ . ①福… Ⅱ . ①柯… ②田… Ⅲ . ①侦探小说－小
说集－英国－现代 Ⅳ . ① I561.45

中国版本图书馆 CIP 数据核字（2017）第 157850 号

中国农业出版社出版
（北京市朝阳区麦子店街18号楼）
（邮政编码 100125）
责任编辑 张 志 马英连

北京缤索印刷有限公司印刷 新华书店北京发行所发行
2018年1月第1版 2021年9月北京第3次印刷

开本：700mm×1000mm 1/16 印张：13
字数：312 千字
定价：35.00 元
（凡本版图书出现印刷、装订错误，请向出版社发行部调换）

一本好书 一生的财富

好书给人有益的知识，知识是人一生享用不尽的财富。

书是人类进步的阶梯。莎士比亚说过，书籍是全世界的营养品。生活里没有书籍，就好像大地没有阳光；智慧里没有书籍，就好像鸟儿没有翅膀。读书，就是在和智者对话。读书可以拓宽孩子的视野，让少年儿童摆脱狭隘和平庸。因此，阅读会塑造孩子的人生观、价值观，影响他们的人生方向。

书有高下优劣之分，而人的生命不可重复。少年儿童该读些什么书呢？这个问题一直是社会、家长和教师极为关注的。为孩子选书，就是为历史选择未来，为后代选择尊严。

本套丛书在书目挑选上不仅选取了小学语文新课标必读中的书目，还征求了学生们的意见，由一批浸润文学已久的作者进行改写。这种改写既忠实原著又浅显简洁，兴趣各异的少年儿童都能轻松地阅读，快乐地品赏。如果小读者发现了自己最感兴趣的是其中哪几部，可以再进一步去寻找原著阅读。因此，精华的提炼，也就成了进一步深入阅读的

桥梁。

本套丛书语言浅显易懂，叙述生动有趣，读来倍感亲切。书中主要人物形象生动、饱满，版面设置活泼、美观。经典故事配上精美插图，再加上大字注音，不仅能引起孩子浓厚的阅读兴趣，还能培养他们的阅读审美能力。同时书中配有二维码，可以用手机扫码听书，让孩子在阅读之余，从美妙的声音中感受故事的情节发展。我们的目标是，将孩子培养成自觉的、独立的、热诚的终身阅读者。

除了少年儿童之外，很多成年人也会喜欢这样的丛书。他们在年轻时可能陷入过盲目阅读的泥淖，也可能穿越过无书可读的旱地，因此需要补课。即使曾经读得不错的那些人，也可以通过这套丛书轻快地重温。由此，我们可以想象两代人或三代人之间一种有趣的文学集结：家长和子女在同一间书房里，围绕着相同的作品探寻共同的人文话题。这，实在是一件令人愉悦的事情！

编　者

2017 年 7 月

目 录

导读

　　《血字的研究》是柯南·道尔花了大约三个星期的时间写成的，并且是先设计的破案过程然后才写的案情。我们习惯于将《血字的研究》称为"第一个案件"——因为它第一次将福尔摩斯、华生以及贝克街的一切介绍给了我们。这个案件里，福尔摩斯的惊艳出场，使苏格兰场的两位侦探相形见绌。在侦破案件的同时提出演绎法的推理方法，并贬低了以前的侦探小说。

血字的研究

一　夏洛克·福尔摩斯和演绎法

扫码听书

　　我是华生，在一八七八年获得了伦敦大学的医学博士学位后，到军队做了军医。不幸在阿富汗战争中受伤，因此回到了伦敦。正在发愁找不到房子住的时候，巧遇了以前的助手斯坦弗，他把福尔摩斯介绍给了我。斯坦弗领着我到了福尔摩斯的化验室，我看见一个人正伏在一张桌子上，聚精会神地做实验。他，就是夏洛克·福尔摩斯。他刚刚成功地验证了一种鉴别血液的试剂，非常兴奋，"您好！"福尔摩斯热情地握住我的手，又说："看得出来，您到过阿富汗。"

"您怎么知道的？"我吃惊地问道。

"这没什么。"他笑了笑，"现在要谈的是我的新发现——血色蛋白质。如果能早些发现这种试剂，那么现在世界上数以万计的逍遥法外的罪犯早就受到法律制裁啦！"

"这是一个非常有意义的实验，祝贺您。"我说。

斯坦弗说起了合租房子的事情，"我这位朋友要找个住处，因为听说您找不着人跟您合住，所以我想正好给你们两人介绍一下。"

福尔摩斯一听，非常高兴。于是约好明天中午一起去看房子。

我们走的时候，他又接着去忙他的化学实验了。我和斯坦弗便一起向外走去。

"顺便问一句，"我突然站住，对斯坦弗说，"真见鬼，他怎么会知道我是从阿富汗回来的呢？"

斯坦弗笑了笑，说："这就是他特别的地方。许多人都想知道他究竟是怎么看出问题来的。"

"咳，这不是很神秘吗？"我搓着两只手说，"真是有趣极了。"

"嗯，你一定得研究研究他，"斯坦弗在和我告别的时候说，"但是你会发现，他真是个难以研究的人物。我敢担保，他了解你要比你了解他高明得多。"我心想：这真是个有趣的人。

第二天，我们如约去看房子。房子坐落在贝克街221号，房子有两间舒适的卧室和一间宽敞而又空气流畅的起居室，屋内光线充足，非常明亮。而且我们分租以后，租金更合适了。我们当场租了下来，很快搬了进去。一切安排妥当后，我俩逐渐安定下来，慢慢地适应了新环境。

其实，福尔摩斯不是个难相处的人。他少言寡语，喜欢早睡早起，生活起居很有规律。有时他精力充沛，做起事来像个拼命三郎；有时却接连几天躺在起居室的沙发上，不言不语，寸步不动。

他有六英尺多高，异常瘦削，因此显得格外颀

长；目光锐利；细长的鹰钩鼻使他的相貌显得格外机警、果断；下颚方正而突出，说明他是个非常有毅力的人。他的两只手虽然斑斑点点地沾满了墨水和化学药品，但是动作却异乎寻常地熟练、仔细。

从各种表现来看，他并非志在研究医学，也不想当什么科学家，然而他对某些学科的热情异乎寻常，在某些古怪的知识领域内，他的学识非常渊博精深，一些见解令我惊诧不已。但是他的知识匮乏的一面，比如关于现代文学、哲学和政治方面，他几乎一无所知。我无意中发现他竟然对于哥白尼学说以及太阳系的构成，也完全不知道。这对于一个生活在十九世纪的人来说，简直太不可思议了。但他不以为意，他认为，人的大脑空间是有限的，应该有选择地把一些有用的知识装进去，而不能让无用的知识把有用的知识挤出来。

我用笔写下了福尔摩斯的学识范围：

1. 文学知识——无。

2. 哲学知识——无。

3. 天文学知识——无。

4. 政治学知识——浅薄。

5. 植物学知识——不全面，对毒剂比较了解，对实用园艺学却一无所知。

6. 地质学知识——偏于实用，他一眼就能分辨出不同的土质。他在散步回来后，曾把溅在裤子上的泥点指给我看，并能根据泥点的颜色和坚实程度说明是在伦敦什么地方溅上的。

7. 化学知识——精深。

8. 解剖学知识——准确，但无系统。

9. 推理探险知识——很广博，他似乎对恐怖事件都深知底细。

10. 提琴拉得很好。

11. 善使棍棒，也精于刀剑拳术。

12. 关于英国法律方面，他具有充分实用的知识。

有一天吃早餐时，我翻起一本杂志，杂志上有一篇文章，标题叫做"生活宝鉴"，我觉得这篇文章非常荒唐可笑。作者声称，从一个人瞬息之间的表情，肌肉的每一牵动以及眼睛的每一转动，都可以推测出他内心深处的想法。比如，遇到了一个人，瞬间就要辨识出这人的生活经历和职业。这样的锻炼，能够使一个人的观察能力变得敏锐起来，并且教导人们：应该从哪里观察，应该观察些什么。一个人的手指甲、衣袖、靴子和裤子的膝盖部分，大拇指与食指之间的茧子，表情、衬衣袖口等，不论从哪一点，都能明白地显露出他的职业来。

我读到这里，不禁把杂志往桌上一丢，大声说："真是废话连篇！我从来没有见过这样无聊的文章。"福尔摩斯却平静地说："那篇是我写的。"我顿时觉得有些尴尬。他微笑着说:"我擅长观察和推理,这就是为什么我第一次看到你就知道你去过阿富汗。因为你看起来是个医生,但却是一副军人气概,显然你是个军医;你刚从热带回来,因为你脸色黝黑。但是,从你手腕的皮肤黑白分明来看,这并不是你原来的肤色;你面容憔悴,这就清楚地说明你是久病初愈而又历尽艰辛;你左臂受过伤,现在动起来还有些僵硬。试问,一个英国的军医在热带地方历尽艰苦,并且臂部负过伤,这能在什么地方呢?自然只有在阿富

汗了。想到这些其实很容易，只可惜，像我这样有天赋的人现在居然无案可查。唉！"

听着他这种大言不惭的谈话，我不禁反感起来，心想最好还是换个话题。

"不知道这个人在找什么？"我指着窗外一个手中拿着蓝色大信封，看起来分明是个送信的人。

福尔摩斯说："你是说那个退伍的海军陆战队的军曹吗？"

我心中暗暗想道："又在吹牛了。"

只见那个人看到我们的门牌号后，就从街对面飞快地跑了过来。这个人一走进房来，便把那封信交给了我的朋友，"这是给福尔摩斯先生的信。"

我想这正是让福尔摩斯的傲气受挫一下的好机会，便问："请问你的职业是什么？过去干过什么？"

"我是当差的，制服修补去了。曾在皇家海军陆战队轻步兵队中任军曹，先生。"那人粗声粗气地回答，然后碰了一下脚跟，举手敬礼，走了出去。

二 劳瑞斯顿花园街的惨案

扫码听书

事实再次证明，福尔摩斯的推断是正确的。这时，福尔摩斯已经读完信，双眼茫然。我问："你是怎么知道他是个退伍的海军陆战队的军曹的呢？"

"这个人手背上刺着一只蓝色大锚，这是海员的特征。况且他的举止颇有军人气概，还留着军人式的络腮胡子，因此他是个海军陆战队队员。他的态度有些自高自大，而且带有一些发号施令的神气。从外表上看来，他又是一个既稳健而又庄重的中年人——根据这些情况，我就相信他当过军曹。"

我情不自禁地喊道："妙极了！"

看到我的反应，福尔摩斯也高兴起来："我刚才还说没有罪犯，现在罪犯来了。"他说着就把送来的那封短信扔到我的面前。

信上写着：

亲爱的福尔摩斯先生：

昨夜，在布瑞克斯顿路劳瑞斯顿花园街3号发生了一件凶杀案。今晨两点钟左右，巡逻警察发现房中有一具男尸。该尸衣着整齐，袋中装有名片，上有"克利夫兰，伊瑙克·锥伯"等字样。屋中虽有几处血迹，但死者身上

bìng wú shāng hén　sǐ zhě rú hé jìn rù kōng wū　wǒ men bǎi sī bù dé
并无伤痕。死者如何进入空屋，我们百思不得
qí jiě　xī wàng nín néng jìn kuài dào dá àn fā xiàn chǎng　wǒ jiāng zài cǐ
其解。希望您能尽快到达案发现场，我将在此
gōng hòu
恭候。

tè bái è sī　gě lái sēn
特白厄斯·葛莱森

fú ěr mó sī shuō　　gě lái sēn hé léi sī chuí dé dōu suàn shì nà
福尔摩斯说："葛莱森和雷斯垂德都算是那
yì qún chǔn huò zhī zhōng de jiǎo jiǎo zhě　kě xī bǐ cǐ bù hé　zhè cì yào
一群蠢货之中的佼佼者，可惜彼此不和。这次要

nào xiào huà le　zán men
闹笑话了，咱们
hái shi qù kàn kan ba
还是去看看吧。"
yì fēn zhōng yǐ
一分钟以
hòu　wǒ men jiù zuò
后，我们就坐
shàng le yí liàng mǎ
上了一辆马
chē　jí jí máng máng
车，急急忙忙
de gǎn le guò qù　zài
地赶了过去。在
lí nà suǒ fáng zi hái yǒu
离那所房子还有
yì bǎi mǎ zuǒ yòu de shí
一百码左右的时
hou　tā jiù jiān chí yào
候，他就坚持要
xià chē　yú shì wǒ men
下车，于是我们
bù xíng zǒu xiàng láo ruì sī
步行走向劳瑞斯

顿花园街 3 号。我想，福尔摩斯一定会立刻奔进屋去，马上动手研究这个神秘的案件。可是他似乎并不着急，一路上他只是观察着地面和周围的环境。到了 3 号房子前，葛莱森迎了上来，热情地说："你来了，实在太好了。我把一切都保持着原状。"

"是吗？"福尔摩斯耸耸肩，指着他刚才仔细观察过的泥泞的小路，这上面由于警察来来往往地从上面踩过，已经留了很多脚印了。他又问道："那这个呢？对了，你们是坐马车过来的吗？"

"我们都没有，先生。"

"那么，咱们到屋子里去瞧瞧。"

福尔摩斯问完这些前后不连贯的话以后，便大踏步走进房中。

惨案就发生在餐厅里，死者大约有四十三四岁，尸体非常可怕，僵卧在地板上，双眼茫然地凝视着褪了色的天花板。一顶礼帽放在身旁，死者紧握双拳，两臂伸张，双腿交叠着。看来在他临死的时候，曾经有过一番痛苦的挣扎。

福尔摩斯走到跟前，跪下来全神贯注地检查着。

"既然你们说身上没有伤痕，那么地上的这些血迹一定是另一个人的了。"他一面说，一面把尸体从上到下巨细无遗地检查了一遍，甚至嗅了嗅死者的嘴唇，检查了他的皮靴子的靴底。

"现在可以把他送去埋葬了。"他说，"没有什么再需要检查的了。"

葛莱森招呼他叫来的人把死者抬了出去。这时，一枚戒指滚落到地板上。雷斯垂德连忙把它拾了起来，他叫道："一定有个女人来过。这是一枚女人的结婚指环！"我们围上去看，的确是新

娘戴的。

葛莱森说："这下案件更加复杂了！"

福尔摩斯说："那可不一定，他的其他物品呢？"

"都在这儿。"葛莱森指着楼梯最后一级上的一小堆东西说，"东西都在这里，有用的不多。名片夹里面有印着'克利夫兰，伊瑙克·锥伯'的名片；一本袖珍版的卜迦丘的小说《十日谈》，扉页上写着约瑟夫·斯坦节逊的名字；此外还有两封信——一封是寄给锥伯的，一封是给约瑟夫·斯坦节逊的。"

"这两封信有什么线索？"

"这两封信是河滨路美国交易所留交本人自取的。两封信都是从盖恩轮船公司寄来的，内容是通知他们轮船从利物浦开行的日期。看起来这位是正要回纽约去的。目前我们正派人去美国交易所打听，现在还没有收到消息。"

"你们跟克利夫兰方面联系了吗？"

"今天早晨我们就拍出电报并把我要说的都说了。还没有收到消息。"

"到这里来。"雷斯垂德大声叫道，我们立刻来到前屋。他划燃了一根火柴，举起来照着墙壁。

"瞧瞧那个！"他得意地说。原来就在这个墙角的粉墙上有一个用鲜血潦草写成的字：拉契（RACHE）。"这肯定是个没有完成的女人的名字！要写成的名字是'拉契儿'，但有什么事打搅了他，因此他或是她就没有来得及写完。你记住我的话，等全案弄清楚后，你一定能够发现一个名叫拉契儿的女人和这个案子有关系。你现在尽可以笑话我，福尔摩斯先生，你也许非常聪明能干，但归根结底，姜还是老的辣。"

这个侦探像马戏班的老板夸耀自己的把戏一样大声说道。

福尔摩斯不禁纵声大笑，很快地从口袋里拿出一个卷尺和一个放大镜仔细地检查起来。他拿着这两样工具，在屋里默默地走来走去，有时站着，有时跪下，有一次竟趴在地上了。他全神贯注地工作着，似乎把我们全都忘掉了：他一直在自言自语地低声嘀咕，一会儿惊呼，一会儿叹息；有时吹起口哨，有时又像受到鼓舞似的小声叫了起来。最后，他似乎很满意了，就把卷尺和放大镜装进衣袋中去了。

两个侦探十分好奇地看着这位同行的动作。

福尔摩斯说："如果你们能告诉我所有的情

况的话，我也会尽力帮助你们的。现在我需要发现尸体的警察的姓名、住址，方便告诉我吗？"

雷斯垂德看了看他的记事本说："约翰·栾斯，住在肯宁顿花园门路，奥德利大院46号。"

福尔摩斯把地址记了下来。

"我告诉你们一桩对于这个案件有帮助的事情。"他回过头来向这两个侦探继续说道，"这是一件谋杀案。死者是被毒死的，凶手是个男人，他高六英尺多，正当中年。穿着一双方头靴子，抽的是印度雪茄。他是和被害者一同乘坐一辆四轮马车来的。这个马车由一匹马拉着，那匹马有三只蹄铁是旧的，右前蹄的蹄铁是新的。这个凶手很可能脸色赤红，右手指甲很长。这仅仅是几点迹象，但是这些对于你们两位也许有点帮助。"

福尔摩斯说着，然后就大踏步地向外走了。

"还有一点，雷斯垂德，"他走到门口时又回过头来说，"在德文中，'拉契'这个字是复仇的意思，你就不要白费力气去找什么女人了。"

讲完这几句临别赠言以后，福尔摩斯转身就走了，剩下这两位同行目瞪口呆地站在那里。

三　巡逻警察的叙述

扫码听书

此时已是午后一点钟了。福尔摩斯同我到电报局去拍了一封长电报。在前往奥德利大院46号的路上，福尔摩斯对我分析道："一到那里，我便看到路上有两道马车车轮的痕迹，上周一直晴天，直到昨晚才下雨，而葛莱森说没有车辆来过，因此肯定是昨晚由马车把那两个人送进空房的；从马车车轮的痕迹来看，右前方蹄印很深，可见右前蹄是新的；那个人的身高是我看出了他的脚印，量出了他的步伐，推算出来的，而且一般人在墙壁上写字的时候，很自然会写在和视线相平行的地方，现在墙上的字迹离地刚好六英尺；一个人能毫不费力地一步跨过四英尺半，他肯定不会是一个老头儿；墙上的字是一个人用食指蘸着血写的，我用放大镜看出写字时有些墙粉被刮了下来，这说明他的指甲没有修剪过；地板上散落的烟灰的颜色很深而且是呈起伏状的，只有印度雪茄的烟灰才是这样的，我曾专门研究过雪茄烟灰，还写过这方面的专题论文呢，我可以夸口，无论什么名牌的雪茄或纸烟的烟灰，只要我看上一眼，就能识别出来；至于红脸的问题，是一个更为大胆的推测了，然而我确信我是正确的。"

我用手摸了摸前额说："我真有点晕头转向了，愈想愈觉得神秘莫测。凶手在逃走之前为什么要在墙上写下德文字'复仇'呢？"我的同伴赞许地微笑着说："你分析得很关键，但是那字并不是个德国人写的。而是出于一个不高明的模仿者之手，这不过是想要把侦查工作引入歧途的一个诡计而已。"

马车在一条最肮脏、最荒凉的巷口停了下来。我们到46号找到了正在睡觉的警察约翰·栾斯，他有些不高兴地说："我已经在局里报告过了。"

福尔摩斯从衣袋里掏出一个金币在手中把玩着。

他说："我们想要请你从头到尾再说一遍。"

栾斯立即来了精神，在沙发上坐了下来。据他说，当时夜里一点钟开始下雨，大约在两点稍过一点的时候，他发现那座房子里有灯光，于是他走进去查看，发现里面有具尸体。

他说到这里的时候，福尔摩斯打断了他，"好了，你所看见的情况我都知道了。你在屋中走了几圈，并且在死尸旁边跪了下来，之后又走过去推推厨房的门，后来——"约翰·栾斯听到这里，突然跳了起来，满脸惊惧，大声说道："当时你躲在什么地方，看得这样一清二楚？"福尔摩斯大笑起来，递上了自己的名片，继续问道：

"当时街上什么都没有吗？"

"有一个烂醉如泥的醉鬼在放开嗓门唱歌呢。"

"他的脸，他的衣服，你注意到没有？"

"他是一个高个子，红脸——"

"他穿的什么衣服？"

"一件棕色外衣。"栾斯对福尔摩斯总是打断他的话显得很不满意。

"手里有没有拿着马鞭子？"

"马鞭子？没有。"

"他一定是把它丢下了，"我的伙伴嘟囔着说，"后来你看见或者听见有辆马车过去吗？"

"没有。"

"这个金币给你，"我的同伴说着就站起身来，戴上帽子，"栾斯，我恐怕你永远不会高升了。你的脑袋不该光是个装饰，也该有点用处才对。昨夜你本来可以捞个警长干干的。"说完，快速地走了出去，剩下那个可怜的警察茫然地坐在那里。

回家时，我奇怪地问："那人怎么去而复返呢？"

"戒指，先生，戒指，他回来就是为了这个东西。咱们可以拿这个戒指当钓饵，让他上钩。"

四　广告引来了不速之客

扫码听书

当天晚上，听完音乐会的福尔摩斯回来得很晚。他递给了我一张晚报，"你看看这个广告。今天上午，这个案子发生后，我立刻就在各家报纸上登了一则广告。"他把报纸递给我，我看了

一眼他所指的地方，这是"失物招领栏"的头一则广告。广告内容是：今晨在布瑞克斯顿路、白鹿酒馆和荷兰树林之间拾得结婚金戒指一枚。丢失者请于今晚八时至九时到贝克街221号B华生医生处领取。"而且，我已经为你准备好了戒指，"他说着就交给了我一枚戒指，"几乎和原来的一模一样。"

"那么谁会来领取这项失物呢？"

"唔，就是那个穿棕色外衣的男人，咱们那位穿方头靴子的红脸朋友。如果他自己不来，他也会打发一个同党来的。"

我看了一下我的表说："快八点了。"

"是啊，或许他很快就要到了。"正说着，忽听门铃大震。

"华生医生住这儿吗？"一个语调粗鲁但很清晰的人问道。

"请进。"我高声说道。出乎我们的意料，进来的居然是个皱纹满面的老太太，声称这是自己女儿的戒指。这个老太太刚出门，福尔摩斯立刻站起，跑进卧室。几秒钟后，他走出来时，已穿上大衣，系好围巾，匆忙中说："我要跟着她。她一定是个同党，她会把我带到凶犯那里去。别睡，等着我。"

将近十二点钟，福尔摩斯才回来。他一进房来，我就看出他并没有成功。但是他忽然纵声大笑："我

居然被骗了。她在街上叫了马车，对车夫说要到宏兹迪池区，邓肯街13号，我立即也跟着跳上了马车后部。谁知，到了目的地之后，车夫在黑暗的车厢中到处摸索，气愤地骂着，原来那老太太早就不见了！那个什么老太太应该是个小伙子，是个了不起的演员，可能在车走动时跳车了。而住在13号的是一位裱糊匠，名叫凯斯维克。看来，咱们现在要捉住的那个人，绝不仅仅是单独

的一个人，他有许多朋友甘愿为他冒险。喂，医生，看样子你像是累坏了，听我的话，请去睡吧。"

我的确很疲乏，就回屋去睡了。留下福尔摩斯一个人坐在燃烧着的火炉边，思考着那奇异的课题。

五　特白厄斯·葛莱森大显身手

第二天早饭时，我们看到各大报纸上刊载的所谓"布瑞克斯顿路破案"的新闻及称赞雷斯垂德和葛莱森的报道。福尔摩斯评价道："不管他们干什么，总会有人给他们歌功颂德的。有句法国俗语说得好：笨蛋虽笨，但是还有更笨的笨蛋为他喝彩。"

正说着，过道和楼梯上响起了一阵杂乱的脚步声，夹杂着房东太太的抱怨声，只见六个街头流浪顽童冲进来，我从来没见过如此肮脏、衣衫褴褛的孩子。"这是侦缉队贝克街分队。"我的伙伴煞有介事地说。随着一声福尔摩斯的"立正"号令，小家伙们就像六个小泥人似的一条线地站在那里。看起来福尔摩斯让他们帮着找什么人，但是没找到。福尔摩斯吩咐他们继续找，并给每人发了一先令的工资。孩子们走后，福尔摩斯说："一打官方侦探的工作成绩都比不上一个小家伙的。很多人面对官方人士都闭口不言。

但是这些小家伙什么地方都能去，什么事都能打听到。他们很机灵，无缝不入。"

这时，门铃响了，一眨眼的工夫，葛莱森侦探就一步三级地跳上楼来，一直闯进了我们的客厅。他得意地告诉我们，他已经抓到凶手了。

"他叫什么名字？"福尔摩斯的脸上隐隐掠过一丝焦急的暗影。"阿瑟·夏朋婕，是皇家海

军的一个中尉。"葛莱森一面得意地搓着他的一双胖手，一面挺起胸脯傲慢地大声说。福尔摩斯听了以后，如释重负地松了一口气，不觉微笑起来，"请坐。你是怎么调查出来的呢？"

"记得凶案现场的那顶礼帽吗？"

"记得，"福尔摩斯说道，"那是从坎伯韦尔路229号的约翰·安德乌父子帽店买来的。"

葛莱森听了这话，脸上立刻显出非常沮丧的神情。他说："想不到你也注意到这一点了。你到那家帽店去过没有。"

"没有。"

"哈！"葛莱森放心了，"不管可能性多么小，你也决不该放过任何机会。在那里我查到了买这顶帽子的阿瑟·夏朋婕的住址。我跟着就去拜访了他的母亲夏朋婕太太。原来锥伯和他的秘书斯坦节逊是租住她家房子的房客，才住了三个多星期。锥伯是个酒鬼，喝多了之后就经常对夏朋婕太太家的女眷们动手动脚，她的儿子阿瑟拿着一根棒子把他赶了出去。而在当天晚上，他的儿子去了哪里却没人知道，四五个小时的时间可以做很多事情呢！第二天早晨，我们就得知了锥伯被人谋杀的消息。于是，我找到夏朋婕中尉，把他逮捕了，当时他还拿着她母亲所说的追击锥伯用的那个大棒子。依我看来，他追锥伯一直追到了布瑞克斯顿路，这时他们又争吵起来。争吵之间，锥伯挨了狠狠的一棒子，也许正打在心窝上，所以虽然送了命，却没有留下任何伤痕。当时夜雨很大，附近又没有人，于是夏朋婕就把尸首拖进了那所空屋。至于蜡烛、血迹、墙上的字迹和戒指等，不过是夏朋婕想把警察引入迷途的一些花招罢了。"

福尔摩斯顿时轻松了起来，以称赞的口气说："做得好！葛莱森，你实在大有长进，看来你迟早会出人头地的。"这

位侦探骄傲地答道："我自己认为，这件事办得总算干净利落。可是这个小伙子自己却供称：他追了一程以后，锥伯就坐上了一部马车逃走了。他在回家的路上，遇到了一位过去的老同事，就聊了起来。可是他对这位老同事的住址的回答并不能令人满意。我认为这个案子的情节前后非常吻合。好笑的是雷斯垂德，他一开始就走上了歧途。我恐怕他不会有什么成绩的。嘿！他来了。"

进来的人果然是雷斯垂德。葛莱森得意地问道："你已经找到那个秘书斯坦节逊了吗？"雷斯垂德心情沉重地说："他今天早晨六点钟左右在郝黎代旅馆被人暗杀了。"

六　一线光明

雷斯垂德给我们带来的消息既重要又突然，案情更加复杂了。葛莱森非常懊丧，这个消息把他自认为合理的解释全都推翻了。

雷斯垂德说：“刚开始的时候我认为谋杀案是和斯坦节逊有关的，经过调查之后，我来到了小乔治街的郝黎代旅馆，在三楼找到了他。找到他的时候，他的屋内窗户大开，他躺在窗子旁边，身上穿着睡衣，蜷缩成一团，四肢早已僵硬了。他的身体左侧被人用刀刺入很深，一定是伤了心脏。还有一个最奇怪的情况，你们猜猜

看，死者脸上有什么？"

福尔摩斯立刻答道："是'拉契'这个字，用血写的。""正是这个字，"雷斯垂德说，"有人看见过这个凶手。一个送牛奶的孩子在去牛奶房的时候，看到平日放在地上的那个梯子竖了起来，对着三楼的一个窗子，这个窗子大开着。一个人从梯子上不慌不忙、大大方方地走了下来。他还以为这个人是个木匠呢。他仿佛记得这个

人是一个大个子，红红的脸，身上穿着一件长长的棕色外衣。"

一听到凶手的身形、面貌和福尔摩斯的推断十分吻合，我就瞧了他一眼，可是他的脸上并没有丝毫得意的样子。福尔摩斯问道："你在屋里没有发现任何线索吗？"

"没有。斯坦节逊身上带着锥伯的钱袋，但是平常就是他带着的，因为他是掌管开支的。钱袋里有八十多镑现金，分文不少。被害人衣袋里也没有文件或日记本。只有一份电报，是一个月以前从克利夫兰城打来的，电文是'J·H现在欧洲'，这份电文没有署名。"

福尔摩斯问道："再没有别的东西了？"

"没有什么重要的东西了。床上还有一本小说；他的烟斗放在床边的一把椅子上；桌上还有一杯水；窗台上有个盛药膏的木盒，里边有两粒药丸。"

福尔摩斯从椅子上猛地站起，高兴得喊了起来。他眉飞色舞地大声说道："这是最后的一环了，我的论断现在算是完整了，我已经把构成这个案子的每条线索都掌握在手中了。现在，我要把我的见解证明给你们看。你把那两粒药丸带来了吗？"

雷斯垂德立即拿出一个小小的盒子来。

"请拿给我吧。"福尔摩斯说，"喂，医生，"他又转向我说，"这是平常的药丸吗？"

这些药丸的确不平常：珍珠似的灰色，小而圆，迎着亮光看简直是透明的。我说："从分量轻和透明这两个特点来看，我想药丸在水中能够溶解。"

"正是这样。"福尔摩斯回答，"请你下楼把那条可怜的狗抱上来好吗？这条狗一直病着，房东太太昨天不是还请你把它弄死，免得让它活受罪吗？"

我下楼把狗抱了上来。这只狗看起来的确是活不了多久了。我在地毯上放了一块垫子，然后把它放在上面。福尔摩斯把一粒药丸切成两半，取出其中一半溶化到牛奶里，放在狗的面前，狗很快就舔了个干净。我们都静静地看着那只狗，并期待着某种惊人的结果发生。但是，时间一分一秒地过去了，什么特别现象也没有发生。福尔摩斯咬着嘴唇，手指敲着桌子，十分焦急。他的情绪很激动，我的心中也不由得替他难过。可是这两位官方侦探的脸上却显出讥讽的微笑，他们很高兴看到福尔摩斯受到了挫折。"这不可能是偶然的事，"福尔摩斯终于大声地说出话来，一面站了起来，烦躁地走来走去，"绝不可能仅仅是由于巧合。在锥伯一案中我疑心会有某种药丸，现在这种药丸在斯坦节逊死后真的发现了。但是它们竟然不起作用。究竟是怎么一回事？我所做的一系列的推论绝不可能发生谬误！绝不可能！哦，我明白了！我明白了！"福尔摩斯立刻切开了另一粒药丸，把其中一半溶化在奶中，狗甚至连舌头还没有完全沾湿，它的四条腿便颤抖起来，然后就像被雷电击毙一样，直挺挺地死去了。福尔摩斯说："看，那个小匣里的两粒药丸，一粒是烈性的毒药，另外一粒则完全无毒。锥伯就是这么被毒死的。"

这时街头流浪儿的代表——小维金斯来了。维金斯举手敬礼说："先生，我找到那位马车夫了。马车已经喊到了，就在下边。""好孩子。"福尔摩斯温和地说，"最好让车夫上来帮我搬箱子。"福尔摩斯拿出了手铐，然后拉出了房间里的一只旅行箱。车夫走进房来。福尔摩斯屈膝在那里弄着皮箱，头也不回地说："车夫，帮我扣好这个皮带扣。"车夫紧绷着脸，不大情愿地走上前，伸出两只手正要帮忙。说时迟，那时快，只听到钢手铐"咔嗒"一响，福尔摩斯突然跳起身来，把他铐住了。

"先生们，"他两眼炯炯有神地说道："让我给你们介绍介绍杰弗逊·侯波先生，他就是杀死锥伯和斯坦节逊的凶手。"

就在这时，马车夫愤怒地大吼一声，挣脱了福尔摩斯的掌控。这个人凶猛异常，我们四个人一再被他击退。直到雷斯垂德用手卡住他的脖子，使他透不过气来，我们又把他的手和脚都捆了起来，才站起身子来，不住地喘着气。

福尔摩斯高兴地微笑着说，"这件小小的神秘莫测的案子，总算告一段落了。现在，我欢迎各位提出任何问题。"

七　华生的回忆

扫码听书

我们一起坐着罪犯的马车到了苏格兰场，一个警官把我们引进了一间小屋。罪犯慢慢地说道：

"诸位先生，我有许多话要说，我愿意把它原原本本地都告诉你们。"

这个警官问道："你等到审讯时再说不更好吗？"他回答说："我也许永远不会受到审讯了，医生，您可以来看一下。"他说时微笑了一下，一面用他被铐着的手，指了一下胸口。

我检查之后，惊叫道："怎么，你得了动脉血瘤症？"

他平静地说："是的，过不了多少天，血瘤就要破裂。我愿意在死之前，把这件事说清楚，让大家知道我并不是一个寻常的杀人犯。"

警官和两个侦探匆忙地商量了一下，考虑准许他说出他的经历来是否适当。警官问："医生，你认为他的病情确实有突然变化的危险吗？"我回答说："的确是这样。"于是这位警官说道："那么，我们现在就可以录口供了。"

"请允许我坐下来讲吧。"犯人一面说，一面就不客气地坐了下来，"我已经是坟墓边上的人了，所以我是不会对你们说谎的。我们都是来自美国盐湖城，我杀的这两个人都是摩门教长老的儿子，他们害死了我心爱的姑娘露茜·费瑞厄和她的父亲。他们的父亲曾经救过这对父女，之后父女二人便在不得已的情况下加入了他们的组织——共济会。而在共济会里一个人是可以娶很多妻子的，他们都要求这位父亲把女儿嫁给自己的儿子，也就是锥伯和斯坦节逊，当时锥伯和斯坦节逊已经有好几个妻子了。我得知这个消息赶过去救父女二人，但女孩的父亲已经被斯坦节逊打死了。斯坦节逊以为自己立了功，就可以抢到露茜，没想到锥伯家势力更大，露茜被迫嫁给锥伯，没几天她就含恨而死。我从她遗体的手指上把这个结婚指环取了下来，并且发誓，要为她报仇。

"他们为了躲避我，世界各地到处游逛。他们是有钱人，而我却是一个穷光蛋。因此，我每到一个地方，就会找一份工作积攒路费。最近，我追踪他们来到伦敦，并找了一份马车夫的工作，每天东查西问，终于找到了他们住的地方。但是他们形影不离，我很

难下手。有一天，我发现他们到了尤斯顿车站，听到他们打听去利物浦的火车。但当时没车了，斯坦节逊听了以后，似乎很懊恼，可是锥伯却非常高兴。锥伯说，他有一点私事要去办一下。可是斯坦节逊不同意，他们为此大吵一架，最终斯坦节逊妥协了，约好在郝黎代旅馆见。锥伯走出了车站，到一家酒店喝了不少酒之后就回到了租住的地方。我在外面等了一刻钟左右，大门忽然打开，只见一个小伙子一把抓住锥伯的衣领，一脚把锥

伯踹到了大街当中。他对着锥伯摇晃着手中的木棍大声喝道：'狗东西！我教训教训你，你竟敢污辱良家妇女！'锥伯一直跑到转弯的地方，正好看见了我的马车，于是就跳上车来。他说：'把我送到郝黎代旅馆去。'我一见他坐进了我的马车，简直喜出望外。这时，他的酒瘾又发作了，他叫我在一家大酒店外面停下来。等他出来的时候，已经是烂醉如泥了。但是我并不想一刀把他结果了事，我带了两盒药，两盒里都是一粒有毒一粒没毒，我想把选择权交给上帝，他们可以不死的。因为只要我能得手，这两位先生就要每人分得一盒，让他们每个人先吞服一粒，剩下的一粒就由我来吞服。

"当时已是午夜过后，快一点钟的光景。我一直赶着马车到了布瑞克斯顿路的那所空宅。把他扶进去之后我说：'好啦，伊瑙克·锥伯，你现在看看我是谁。'他醉眼惺忪地盯着我瞧了半天，然后，我看见他的脸上突然出现了恐怖的神色，整个脸都痉挛起来，他认出我来了。他顿时吓

得面如土色，大喊大叫起来，哀求饶命。但是，我怎么可能放过他呢，我拔出刀来逼着他吞下了一粒药，我也吞了剩下的一粒，一会儿的工夫他就死了。这时，由于我的病，血一直从我的鼻孔中往外流个不停，但是我并没有在意。不知怎的，我灵机一动，便用血在墙上写下了一个字。因为以前纽约曾发现过一个德国人被人谋杀的事件，在死者的身上写着'拉契'这个字。当时报纸上曾经争论过，认为这是秘密党干的。于是，我就用手指蘸着我自己的血，在墙上找了个合适的地方写下了这个字。我离开之后，忽然发觉指环不见了。我想，可能是在我弯身察看锥伯的尸体时，把它掉下去的。于是，我又赶着马车往回走。我把马车停在附近的一条横街上，大着胆子向那间屋子走去，因为我宁可冒着任何危险，也不愿失去这枚指环。我

一走到那所房子，就和一个刚从那所房子里出来的警察撞了个满怀。我只好装着酩酊大醉的样子，以免引起他的疑心。

　　"这就是伊瑙克·锥伯死时的情形。我以后要做的事，就是要用同样的办法来对付斯坦节逊，这样我就可以替露茜父女报仇雪恨了。我知道斯坦节逊当时正在郝黎代旅馆里，第二天清晨，我就利用旅馆外面胡同里放着的一张梯子，一直爬进了他的房间里。我把他叫醒，并且要他同样拣食一粒药丸。他不愿接受我给他的活命机会，向我扑过来。为了自卫，我就一刀刺进了他的心脏。

　　"事后我又赶了一两天马车，因为我想加把劲儿干下去，攒到足够的路费回美洲去。那天，我正停车在广场上的时候，忽然有一个少年打听是否有个叫杰弗逊·侯波的车夫。他说，贝克街221号B有位先生要雇他的车子。我一点也没有怀疑就跟着来了。你们可能认为我是一个凶手，但是，我自己却认为我跟你们一样，是一个执法的法官。"

他讲完了，我们都不声不响地坐在那里，沉默了一会儿。福尔摩斯最后说道："有一点，我希望多知道些。我登广告以后，前来领取指环的你的那个同党究竟是谁？"这个罪犯顽皮地挤了挤眼睛说："我只能供出我自己的秘密。但是，我不愿牵连别人。我看到广告以后，也想到这也许是个圈套，但也可能真是那枚指环。我的朋友自告奋勇愿意来瞧一瞧。我想，你一定会承认，这件事他办得很漂亮吧。""一点也不错。"福尔摩斯老老实实地说。

这时警官正颜厉色地说道："那么，诸位先生，法律手续必须遵守。本星期四，这个罪犯将要提交法庭审讯，诸位先生届时要出席。开庭以前，他交由我负责。"说完，就按了一下铃，于是杰弗逊·侯波就被两个看守带走了。我的朋友和我也就离开了警察局，坐上马车回贝克街去了。

八　尾声

我们事先都接到了通知，要我们在本周星期四出庭。可是，用不着了。因为就在候波被捕的当天晚上，他的动脉血瘤就迸裂了。他的脸上流露着平静的笑容，好像在他临死的时候，他回顾过去的年华并未虚度，报仇大业已经完成了。

第二天傍晚，当我们闲谈这件事情的时候，福尔摩斯说道："在我的记忆中，再没有比这件案子更为精彩的了。它虽然简单，但是其中有几点却是值得回顾的。"

"简单！"我情不自禁地叫了起来。

"是的，的确是简单。除此以外，很难用别的字眼来形容它。"夏洛克·福尔摩斯说。他看到我满脸惊讶的神色，不觉微笑了起来，"你想，没有任何人的帮助，只是经过一番寻常的推理，我居然在三天之内捉到了这个罪犯，这就证明案子实质上是非常简单的了。

"现在这件案子就是一个演绎法的例子，你只知道结果，其他一切必须全凭你自己去发现了。

好，现在让我把我在这个案件中进行推理的各个不同步骤尽量向你说明一下吧。我从头说起。正如你所知道的一样，我是步行到那座屋子去的。当时，我的思想中丝毫没有先入为主的成见。我自然要先从检查街道着手，就像我已经向你解释过的一样，我在街道上清清楚楚地看到了一辆马车车轮的痕迹。经过研究以后，我确定这个痕迹

必定是夜间留下的。由于车轮之间距离较窄，因此我断定这是一辆出租的四轮马车，而不是自用马车，因为伦敦市所有出租的四轮马车都要比自用马车狭窄一些。

　　"这就是我观察所得的第一点。接着，我就慢慢地走上了花园中的小路。碰巧，这条小路是一条黏土路，它特别容易留下痕迹。毫无疑问，在你看起来，这条小路只不过是一条被很多人践踏得

一塌糊涂的烂泥路而已。可是，在我这双久经锻炼的眼睛看来，小路上每个痕迹都是有它的意义的。我看到了警察们的沉重的靴印，但是我也看到最初经过花园的那两个人的足迹。这告诉我，夜间来客一共有两个，一个非常高大，这是我从他的步伐长度上推算出来的；另一个则是衣着入时，这是从他留下的小巧精致的靴印上判断出来的。

"走进屋子以后，这个推断立刻就得到了证实。那位穿着漂亮靴子的先生就躺在我的面前。如果这是一件谋杀案的话，那么那个大高个子就是凶手。死者身上没有伤痕，我嗅了一下死者的嘴唇，有点酸味，因此我就得出这样的结论：他是被迫服毒而死的。从他脸上那种愤恨和害怕的神情看来，我才说他是被迫的。

"现在要谈谈'为什么'这个大问题了。谋杀的目的并不是为了抢劫，因为死者身上一点东西也没有少。你看看这件案子，凶手干得非常从容不迫，而且还在屋子里到处留下了他的足迹。这就说明，他自始至终一直是在现场的。因此，这就一定是一件仇杀案，只有仇杀案才需要采取这样处心积虑的报复手段。当墙上的血字被发现后，我对我自己的这个见解也就更加深信不疑了。这是故布疑阵，一望便知。等到发现指环以后，问题就算确定了。很明显，凶手曾经利用这枚指环使被害者回忆起某个已死的、或者是不在场的女人。

"以后，我就开始把这间屋子进行了一番仔细的检查。检查结果使我认定凶手是个高个子，并且还发现了其他一些细节：印度雪茄，凶手的长指甲等。因为屋中并没有揪打的迹象，因此当时又得出了这样一个结论：地板上的血迹是凶手在他激动的时候流的鼻血。我发觉，凡是有血迹的地方，就有他的足迹。除非是个血液旺盛的人，一般很少有人会在感情激动时这样大量流血的。所以，我就大胆地认为，这个罪犯可能是个身

强力壮的赤面人。后来事实果然证明了我的判断是正确的。

"离开屋子后,我就去做葛莱森疏忽未做的事了。我给美国的克利夫兰警察局局长拍了一封电报,询问有关伊瑙克·锥伯的婚姻问题。回电很明确。电报中说,锥伯曾经指控过一个叫做杰弗逊·侯波的旧日情敌,并且请求过法律保护,这个侯波目前正在欧洲。我当时就知道了,我已经掌握了这个神秘案件的线索了。剩下要做的就只是稳稳地捉住凶手了。我当时心中早已断定:和锥伯一同走进那个屋中去的不是别人,正是那个赶马车的。所以我想杰弗逊·侯波这个人,必须到伦敦的出租马车车夫当中去寻找。

"如果他曾是马车夫,就没有理由使人相信他会就此不干了。于是,我就把一些街头流浪儿组成了我的一支侦查队,有步骤地派遣他们到伦敦城每家马车厂去打听,一直到他们找到了我所要找的这个人为止。至于谋杀斯坦节逊这一层,确实是一件完全没有意料到的事件。但是,这些意外事件，无论在什么情况下，都是很难避免的。你已经知道，在这个事件里，我找到了两粒药丸。我早就推想到一定会有这种东西存在的。你看，这件案子整个就是一条在逻辑上前后相连，毫无间断的链条。"

"真是妙极了！"我不禁叫起来，"你的这些本领应当公布，让大家都知道。你应当发表这个案件。如果你不愿意的话，我来替你发表。"

"你愿意怎么办就怎么办吧，医生，"他回答说，"你且看看这个！"他一面说着，一面递给我一张报纸，报纸上对葛莱森和雷斯垂德大加

赞扬。夏洛克·福尔摩斯大笑着说："我开头不是这样对你说过吗？这就是咱们对血字研究的全部结果：给他们挣来了褒奖！"我回答说："不要紧，全部事实经过都记在我的笔记本里，社会上一定会知道真实情况的。"

知识小链接

卜迦丘：意大利著名小说家。著有《十日谈》等作品。

杰弗逊·侯波：即前面的J·H所指代的人，J·H正是名字的缩写。

码、英尺、英里：都是英制长度单位。

1 码 =0.9144 米，1 英尺 = 0.3048 米，

1 英里 =5280 英尺 = 63360 英寸

=1609.344 米 = 1760 码

一打：十二个叫一打，是来自于英语 dozen 的音译。

苏格兰场：就是伦敦警察厅。

先令和英镑：1 英镑 =20 先令，1 先令 =12 便士。都是当时英国使用的货币。1971 年英国货币改革时，先令被废除。

导读

《巴斯克维尔的猎犬》是柯南·道尔最得意的长篇杰作之一。这是一个离奇恐怖的传说与精心策划的谋杀巧妙结合的作品，堪称福尔摩斯探案故事的代表作。讲述的是在巴斯克维尔家族中，二百多年来一直流传着的"魔鬼般的大猎狗"的神秘传说。像传说中的那样，查尔兹·巴斯克维尔爵士在离巴斯克维尔庄园不远的地方死于非命。庄园新主人亨利·巴斯克维尔的命运又将如何呢？

巴斯克维尔的猎犬

一 巴斯克维尔的疑案

扫码听书

杰姆士·摩梯末医生和我们提到巴斯克维尔的传说时，我们都不太相信。巴斯克维尔家族中一直流传着一个传说：十七世纪中期巴斯克维尔庄园的一位作恶多端的主人——修果·巴斯克维尔在一个夜晚追捕被他抢回家而又逃走的少女时，在沼地里被一条巨大的、嘴里喷火的猎狗咬死了。从此，这个传说一直使这个家族的后人们都惊惧不已，尽量不在夜晚到庄园外面去。尽管如此，三个月前，庄园的主人查尔兹·巴斯克维尔爵士还是突然惨死了。

巴斯克维尔庄园中的仆人主要是白瑞摩夫妇二人，丈夫是总管，妻子当管家。而查尔兹爵士有心脏病，健康状况并不好。五月四日他决定第二天去伦敦，但是当天晚上去水松夹道散步却再也没有回来。白瑞摩在夹道末端发现了他的尸体，医生分析是心脏衰竭而死。可是，摩梯末医生描述到最后，他的声音不由自主地颤抖起来：

"就在相距不远的地方，有着清晰的、极大

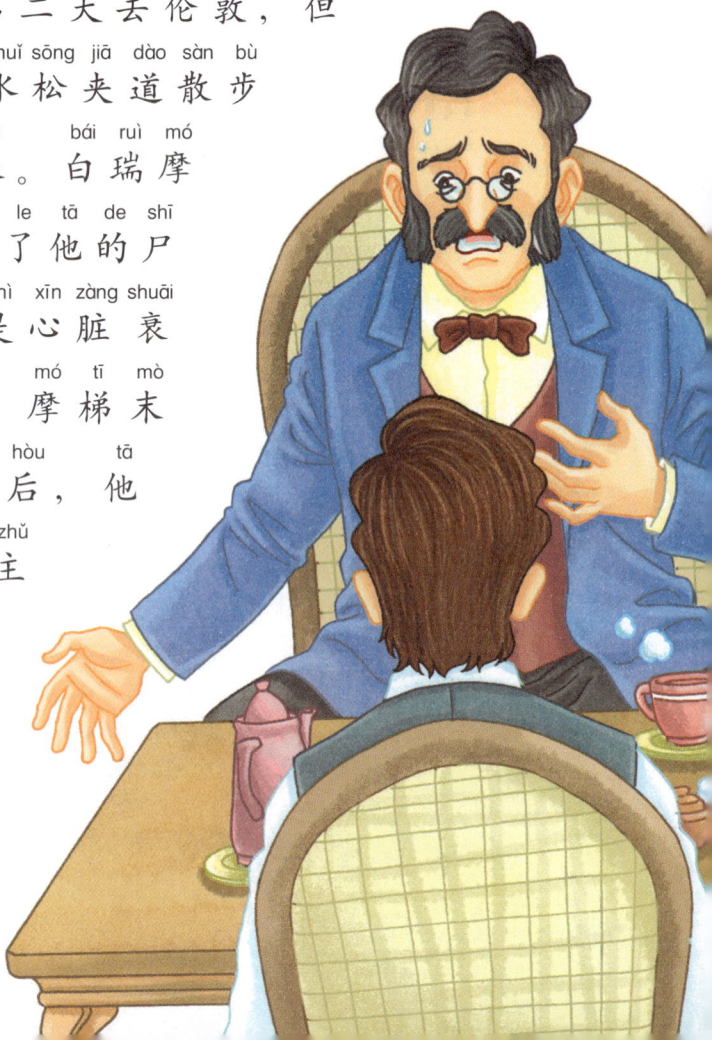

的猎狗的爪印！"

听到这里，我们都吃惊地叫了起来。福尔摩斯惊异地向前探着身，说道："那为什么别人就没有注意到呢？""爪印在小路上，距尸体约有二十码。如果我不知道这个传说的话，恐怕也不会发现它。那天，查尔兹爵士似乎在附近的栅门那里等人。"摩梯末回答。

福尔摩斯带着不耐烦的神情敲着膝盖。"要是我在那里该多好！"他喊道，"现在那些痕迹已被雨水和爱看热闹的农民的木鞋消灭了。唉！摩梯末医生，摩梯末医生啊，你为什么现在才来找我呢！"

"福尔摩斯先生，当时我无法既请了您去，而又不把这些真相暴露于世。而且有些人曾在沼地里看到过一只发着光，狰狞得像魔鬼的大家伙。我也相信这个说法，所以告诉您也不一定有用，我只是想问问您现在该怎么办。"摩梯末医生看了看他的表，"庄园继承人亨利·巴斯克维尔爵士一个小时十五分钟之内就要到了，他之前一直在加拿大务农，是个很好的人。我觉得他不能住到那个受到诅咒的庄园里，那太危险了，他可是这笔巨大财产的唯一继承人。"

"没有其他申请继承的人了吗？"

"没有了。查尔兹爵士一共兄弟三人，他是老大，没有孩子；老二早去世了，唯一的孩子就是这个亨利；老三叫罗杰·巴斯克维尔，据说他长得和家中的修果·巴斯克维尔的画像极为相似，也是个坏蛋，最后跑到了美洲中部，得病死去。当时他还没有结婚。因此，亨利是仅存的子嗣了。"

福尔摩斯考虑了一会儿。"先生，我建议您先去接亨利·巴斯克维尔爵士。二十四小时之内，在我对此事做出决定之前，什么也不要告诉他。如果您方便的话，明天十点钟见。"

"我一定这样做，福尔摩斯先生。"他把这约会用铅笔写在袖口上，就匆忙地走了。

二 亨利·巴斯克维尔爵士

扫码听书

福尔摩斯研究了一晚德文郡的地图，对于巴斯克维尔庄园的地形有了基本的了解。早上刚到十点，摩梯末医生就来了，后面跟着年轻的准男爵。

"这就是亨利·巴斯克维尔爵士。"摩梯末说。

"噢，是的，"亨利说道，"奇怪的是，夏洛克·福尔摩斯先生，我今天早上收到了一封奇怪的信。"

他把信放在桌上，我们都探身去看。收信地址是"诺桑勃兰旅馆"，字迹很潦草，邮戳是"查林十字街"，发信时间是头一天傍晚。信上写着：

若你看重你的生命的价值或还有理性的话，远离沼地。

我们看到，只有"沼地"两字是用墨水写成的，其余的字都是粘贴上去的。

"谁知道您要到诺桑勃兰旅馆去呢？"福尔摩斯用敏锐的目光望着我们的来客问道。

"谁也不可能知道啊。是我和摩梯末医生相遇以后，我们才决定的。"

夏洛克·福尔摩斯说道："我们先来看看这封信吧，有昨天的《泰晤士报》吗，华生？"

他拿到报纸，迅速地翻到刊登主要评论的那一面，找出其中谈自由贸易的一段读了起来，原来这封信里除了"沼地"之外，其他字都来自于这段话。

摩梯末医生惊异地盯着我的朋友说："福尔摩斯先生，如果有人说这些字是由报纸上剪下来的，我能够相信，可是您竟能指出是哪份报纸，还说是剪自一篇重要的社论，这可是我所听过的最了不起的事了。您是怎么知道的呢？"

"《泰晤士报》里所用的小五号铅字和半个便士一份的晚报所用的拙劣的铅字之间，有着很大的区别。区别报纸所用的铅字，对犯罪学专家说来，是最基本的知识中的一部分。不过，在我还很年轻的时候，有一次把《李兹水银报》和《西方晨报》搞混了。但是《泰晤士报》评论栏所采用的字型是非常特殊的，不可能被搞混。这封信是昨天贴成的，所以很可能在昨天的报纸里就能找到这些文字。"

"我明白了，那个人用一把剪刀……"

"是剪指甲的剪刀，可以

看得出来，那把剪子的刃很短，因为用剪子的人在剪下'远离'这个词的时候不得不剪两下。"

"正是这样。有一个人用一把短刃剪刀剪下了这封短信所用的字，然后用糨糊贴了上去……"

"用胶水。"福尔摩斯顿了一下，说道："这信上的地址是在一家旅馆里写成的。因为笔尖和墨水都曾给写信的人添了不少麻烦。那我们的线索之一就是找到发这封怪信的人。只要到查林十字街附近的各旅馆去检查一下字纸篓，找到评论被剪破的那份《泰晤士报》剩下的部分，我们就能查到了。"

他一面说着一面又扔下了信纸，"亨利爵士，从您来到伦敦以后，还发生过什么值得注意的事情吗？"亨利爵士微笑着说："没什么特别的，不过丢了一只新皮鞋。"

"我亲爱的爵士，"摩梯末医生叫了起来，

"这不过是放错了地方罢了。您回到旅馆以后就会找到的。拿这种小事来烦扰福尔摩斯先生有什么用呢？"

"先生们，"准男爵带着坚决的口气说，"到底出了什么事情呢？"

摩梯末医生于是就像昨天早晨那样，把全部案情叙述了出来。在冗长的叙述结束之后，亨利说："看来我似乎是继承了一份附有宿怨的遗产。不过，没有人能阻挡我回到家乡去。"在他说话的时候，他那浓浓的眉毛皱在一起，面孔也变得暗红起来，"我还想跟您了解一下其他的情况，可否两点钟与我们共进午餐呢？"

"好的，咱们就在两点钟时再见吧。"

我们听到他们下楼的脚步声和"砰"地关上前门的声音后，立刻跟了上去。果然，不出福尔摩斯所料，有一辆马车在跟踪他们。我们隐约看到车里的人有着又黑又长的胡子。可是，在他看到我们之后，他立即让马车疯狂地飞奔而去，我们立刻被甩掉了。

福尔摩斯恼怒地说:"我该雇一辆马车跟上的,那样就可以随机采取行动了。虽然我记住了车号: No. 2704。但是,现在只能想别的办法了。"

他走进了一家佣工介绍所,找到了一个名叫卡特莱的孩子。福尔摩斯吩咐:"卡特莱,这本《首都旅馆指南》里有二十三家旅馆的名称,全都在查林十字街附近。你要挨家地到这些旅馆去,看昨天的废纸,就说你寻找一份被送错了的重要电报,可是真正需要你找的是夹杂在里面的一张被剪子剪成一些小洞的《泰晤士报》。傍晚前,你向贝克街我的家里发一封

diàn bào bào gào chá zhǎo de jié guǒ nà shí gěi nǐ gōng qián
电报，报告查找的结果。那时给你工钱。”

sān sān tiáo duàn le de xiàn suǒ
三 三条断了的线索

扫码听书

liǎng diǎn de shí hou wǒ men dào le hēng lì bā sī kè wéi ěr jué
两点的时候，我们到了亨利·巴斯克维尔爵
shì zhù de lǚ guǎn jué shì zhèng yíng miàn zǒu lái qì de liǎn dōu hóng le
士住的旅馆。爵士正迎面走来，气得脸都红了，
zhè shì gè zéi wō ma tā shǒu li tí zhe yì zhī mǎn shì chén tǔ de
“这是个贼窝吗？”他手里提着一只满是尘土的
hēi sè jiù gāo tǒng pí xié gāo shēng jiào dào zuó tiān
黑色旧高筒皮鞋，高声叫道，“昨天
diū le yì zhī xié jīn tiān yòu diū le yì
丢了一只鞋，今天又丢了一
zhī zài rì luò qián nǐ men bǎ xié gěi wǒ
只！在日落前你们把鞋给我
zhǎo huí lái fǒu zé wǒ mǎ shàng lí kāi
找回来，否则我马上离开
zhè lǐ yí gè shì zhě jīng huāng bù
这里。”一个侍者惊慌不
ān de yìng chéng zhe
安地应承着。

zhè ge xiǎo chā qǔ zhī hòu wǒ
这个小插曲之后，我
men yú kuài de gòng jìn le wǔ cān
们愉快地共进了午餐。
hēng lì jué shì gào su wǒ men tā
亨利爵士告诉我们，他
men zhǔn bèi zhōu mò dào bā sī kè
们准备周末到巴斯克

维尔庄园去。

"总体来说，"福尔摩斯说道，"我觉得您的决定还是聪明的。因为您在伦敦已经被人盯上梢了。"

摩梯末医生大吃一惊，"被盯上了！被谁？"

"不知道。在达特沼地，在您的邻居和熟人之中，有没有留着又黑又长的胡子的人？"

"那座庄园的管家白瑞摩有着黑胡子。"

"那得证明一下他是否还在庄园里。给我一张电报纸，写上'是否已为亨利爵士备好了一切？'然后发给巴斯克维尔庄园，交白瑞摩先生。咱们再发一封电报给那里的邮政局长，就写'发白瑞摩先生的电报务必交本人。如不在，请回电通知诺桑勒兰旅馆亨利·巴斯克维尔爵士。'这样，到不了晚上就能知道白瑞摩是否在自己的工作岗位上了。"

"白瑞摩从查尔兹爵士的遗嘱里得到好处没有？"福尔摩斯问道。

"他和他的妻子每人得到了五百镑。"摩梯

mò yī shēng shuō dào　nín bú yào duì měi yí gè cóng jué shì yí zhǔ li dé
末医生说道，“您不要对每一个从爵士遗嘱里得
dào hǎo chù de rén dōu tóu yǐ huái yí de yǎn guāng ba　tā yě liú gěi le wǒ
到好处的人都投以怀疑的眼光吧，他也留给了我
yì qiān bàng ne　hái yǒu hěn duō fēn gěi qí tā rén de xiǎo bǐ kuǎn xiàng hé dà
一千镑呢。还有很多分给其他人的小笔款项和大
pī juān gěi gōng gòng cí shàn shì yè de qián　yú chǎn qī shí sì wàn bàng wán quán
批捐给公共慈善事业的钱。余产七十四万镑完全
guī hēng lì jué shì
归亨利爵士。”

fú ěr mó sī jīng qí de yáng qǐ le méi máo shuō　wǒ zhēn méi yǒu
福尔摩斯惊奇地扬起了眉毛说：“我真没有
xiǎng dào jìng yǒu zhè me dà de shù mù　nà jiǎ ruò zán men zhè wèi nián qīng de
想到竟有这么大的数目。那假若咱们这位年轻的
péng you fā shēng le shén me bú xìng de huà　qǐng nín yuán liàng wǒ zhè bù yú
朋友发生了什么不幸的话——请您原谅我这不愉
kuài de jiǎ shè ba　shéi lái jì chéng zhè bǐ cái chǎn ne
快的假设吧——谁来继承这笔财产呢？”

nà zhǐ yǒu tā de yuǎn fáng de biǎo xiōng dì dài sī mén
“那只有他的远房的表兄弟戴斯门
jiā li de rén le　jié mǔ shì　dài sī mén shì wēi sī mó
家里的人了。杰姆士·戴斯门是威斯摩
lán dì fāng de yí wèi nián zhǎng de mù shī　dàn shì tā jù jué
兰地方的一位年长的牧师，但是他拒绝
cóng chá ěr zī jué shì nà lǐ jiē shòu rèn hé chǎn yè
从查尔兹爵士那里接受任何产业。”

hēng lì jué shì　nín lì guò yí zhǔ le ma
“亨利爵士，您立过遗嘱了吗？”

méi yǒu　fú ěr mó sī xiān sheng　wǒ hái méi
“没有，福尔摩斯先生。我还没
yǒu shí jiān ne　yīn wèi zuó tiān wǒ cái zhī dào shì qing de
有时间呢，因为昨天我才知道事情的
zhēn xiàng
真相。”

hēng lì jué shì　wǒ hái yǒu yí gè yāo qiú　wǒ
“亨利爵士，我还有一个要求，我
xī wàng huà shēng néng péi tóng nín qù zhuāng yuán　yīn wèi mó
希望华生能陪同您去庄园。因为摩

梯末医生有医务在身，而且他家离您家还有数英
里之遥，有时他也爱莫能助。而我因为还有一些
紧急案子需要处理，暂时走不开。"

我还没来得及回答这个意外的建议，亨利爵士
就抓住了我的手，热情地摇了起来，"啊，华生
医生，您的厚意我真是感谢之至。"

"你得很细心地向我报告，"福尔摩斯说
道，"当危机到来的时候，我将指示你如何行动。
没有意外的话周六就出发吧。"

当我们正站起来告辞的时候，巴斯克维尔
突然发出了胜利的欢呼，从橱柜下面拖出一只
棕色的长筒皮鞋。"正是我丢的鞋！"他喊了

起来。

"可是这真是件奇怪的事，"摩梯末医生说道，"午饭以前，我已在这屋里仔细搜寻过了。"

侍者被叫了过来，可是他对这件事一点也不知道。

这两天发生了一连串的奇怪事件：铅字凑成的信；马车里的盯梢人；新买的棕色皮鞋和旧的黑色皮鞋的相继丢失；棕色皮鞋失而复得，而黑色皮鞋却再没找到。在我们坐车回贝克街的时候，福尔摩斯沉默不语地坐着，思索着这些奇异的问题。

我们要吃晚饭时，送来了两封电报。第一封是：

刚得知，白瑞摩确实在庄园。巴斯克维尔。

第二封是：

依指示曾去二十三家旅馆，未寻得被剪破之《泰晤士报》。很抱歉。卡特莱。

"我的两条线索算是都完了，只能看下一个怎么样了。"

这时，门铃响了，进来了一个举止粗鲁的家伙，显然他正是我们要找的那个马车夫。他自称是约翰·克雷屯，住在镇上特皮街3号。

"克雷屯，请你把今天上午坐你马车的那个乘客的情况告诉我吧。"

看样子那人吃了一惊，并且还有点不知所措了。

"呃，那位绅士曾经和我说，他是个侦探，"车夫说，"他的姓名是夏洛克·福尔摩斯，先生。"

福尔摩斯大吃一惊，刹那间他惊愕得坐在那里一言不发。然后，他又纵声大笑起来。"妙啊，华生，真是妙极了，"他说，"我觉得他是个和我一样迅速、机

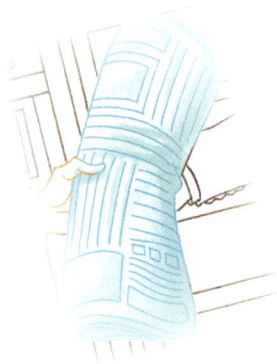

敏的人，上次他可把我搞得真狼狈。他长什么样子？"马车夫搔了下头皮说道："啊，他可真不那么容易形容。我看他有四十岁的样子，中等身材，比你矮二三英寸。衣着像个绅士，蓄着黑胡须，须端剪齐，面色苍白。我想我能说的也就是这些了。"

福尔摩斯给了他一枚金币，他开心地走了。福尔摩斯耸了耸肩带着失望的微笑向我转过头来，"咱们的第三条线索又算是断了，刚摸着点头绪就又吹了。"

四 巴斯克维尔庄园

按照我们的约定，周六我和爵士他们一起去巴斯克维尔庄园。临走前，福尔摩斯说："我不愿意用我的想法来影响你，我只希望你能将各种事实详尽地告诉我，包括这位年轻的继承人

和邻居的关系或者一些和查
尔兹爵士相关的任何
问题。你那支左轮
枪，日日夜夜都应
带在身边，不能
有一时一刻的粗
心大意。"

当火车沿
着月台徐徐
开动起来的
时候，福尔摩
斯说："亨利
爵士，不要一
个人外出。还要记住那个
怪异而古老的传说中的一句话——不要在黑夜降
临、罪恶势力嚣张的时候走过沼地。"

几个小时之后，火车在路旁的一个小站上停
了下来。我们坐上前来迎接的马车走出不远，便
发现在沼地边缘的最高的一处地方，有一个骑在

马上的士兵，正在监视着我们所走的这条路。

"那是干什么的啊？"摩梯末医生问车夫。

车夫在座位上扭转身来说道："不远处的王子镇监狱逃走了一个杀人犯塞尔丹。到现在为止，他已经逃出来三天了，狱卒们正监视着每一条道路和每个车站，可是至今还没有找到他的踪迹呢。附近的农户们感到很不安全。"

几分钟后，我们就到了庄园门口。一进大门就走上了小道。穿过长而阴暗的车道，看到了末端有一所房屋像幽灵似的发着亮光，巴斯克维尔不由得战栗了一下。

这位年轻的继承人面色阴郁地向四周眺望着。"在这样的地方，难怪我伯父会觉得要大难临头了，"他说道，"足以让任何人恐惧呢。"

道路通向一片宽阔的草地，房子就在我们的面前了。在暗淡的光线之下，我看得出中央是一幢坚实的楼房，前面突出着一条走廊。

"亨利爵爷，欢迎！欢迎您到巴斯克维尔庄园来！"

一个高个子的男人由走廊的阴影中走了出来，打开了四轮马车的车门。在厅房的淡黄色的灯光前面，又出现了一个女人的身影，她走出来帮助那人拿下了我们的行李袋。这就是白瑞摩夫妇。

下车之后，摩梯末医生便急着回家去了。下午，我们参观了这个巴斯克维尔家族居住了五百年的庄园，或许是因为查尔兹爵士的死亡，这里总是笼罩着一股阴森森的气氛。

晚饭前，白瑞摩表达了他们夫妻想在爵士适应这里以后，离开这个庄园，去做些小生意的想法。

晚上，我虽感疲倦，可是又不能入睡，辗转反侧，愈想睡愈睡不着。突然间，在死寂的深夜里，一种妇女啜泣的声音传进了我的耳鼓，清晰而又响亮，像是一个被悲痛折磨着的人所发出的强忍着的哽咽声。这声音不可能是来自远处的，而且可以肯定，就是在这座房子里。可是半小

shí zhī hòu　　zài yě méi yǒu chuán lái bié de shēng yīn
时之后，再也没有传来别的声音。

wǔ　　　méi lì pí de zhǔ rén sī tái pǔ tūn
五　梅利琵的主人斯台普吞

dì èr tiān zǎo chen　　yáng guāng sǎ jìn le zhè zuò gǔ lǎo de zhái zi
第二天早晨，阳光洒进了这座古老的宅子，
dào chù yí piàn qīng xīn de měi jǐng　　duō shǎo xiāo chú le wǒ men chū jiàn bā sī
到处一片清新的美景，多少消除了我们初见巴斯
kè wéi ěr zhuāng yuán shí suǒ chǎn shēng de kǒng bù yǔ yīn yù de yìn xiàng
克维尔庄园时所产生的恐怖与阴郁的印象。

wǒ hé hēng lì jué shì tán dào le wǎn shang de kū shēng　　yú shì　　tā
我和亨利爵士谈到了晚上的哭声。于是，他
lì kè yáo líng jiào lái le bái ruì mó　　wèn tā shì fǒu néng duì wǒ men suǒ tīng
立刻摇铃叫来了白瑞摩，问他是否能对我们所听
dào de kū shēng gěi yǐ jiě shì　　zǒng guǎn tīng dào
到的哭声给以解释。总管听到

zhè ge wèn tí zhī hòu　　miàn kǒng biàn de
这个问题之后，面孔变得
gèng jiā cāng bái le　　　　hēng lì
更加苍白了。"亨利
jué yé　　zài zhè fáng zi li
爵爷，在这房子里
zhǐ yǒu liǎng gè nǚ rén　　
只有两个女人，"
tā huí dá dào　　　yí gè
他回答道，"一个
shì nǚ pú　　tā shuì zài duì
是女仆，她睡在对
miàn xiāng fáng li　　lìng yí
面厢房里；另一
gè jiù shì wǒ de qī zi
个就是我的妻子，

可是我敢保证，哭声决不是由她发出来的。"

可是早餐后我遇到白瑞摩太太，她的两眼都红肿着。原来夜间哭的就是她。那她丈夫为什么要否认呢？想到之前福尔摩斯的疑问，我就出门了，沿着沼地边缘走了四英里路，来到了摩梯末医生居住的小村。我找到了当地的邮政局长，问他那个试探性的电报是否真的当面交给了白瑞摩，结果得知是送电报的孩子将电报交给了白瑞摩太太，而她说马上转交给正在楼上的白瑞摩，孩子就走了。难道真如亨利爵士所说，如果庄园的主人被吓跑的话，那么白瑞摩夫妇就能到手一个永久而舒适的家了？

正在思考间，一阵跑步声和唤着我名字的声音打断了我的思路。我以为是摩梯末医生，可是转过身去，才发现竟是一个陌生人。"我相信您一定会原谅我的冒昧无礼，华生医生，"当他喘着气跑到我跟前的时候说道，"我就是住在梅利琵的生物学家——斯台普吞。在查尔兹爵士惨死之后，我们都担心这位新来的准男爵也许会不愿住在这里。您一定听说过关于猎狗的传说吧？这里的农民们每个人都发誓说，在这片沼地里曾经见到过这样一个怪物。"他说话时带着微笑，可是我好像从他的眼里看出来，他对这件事情的态度很认真。他接着问道："当摩梯末对我谈起您的时候，我知道福尔摩斯先生本人也对这件事产生了兴趣。冒昧地问一下，他是否要赏光亲自来这儿呢？"

"目前他还在伦敦，集中精力搞别的案子呢。"

"多么可惜！那么当您在进行调查的时候，

如果我能效劳的话，尽管差遣好了。"

"请您相信，我在这里不过是来拜访我的朋友亨利爵士的，而且我也不需要任何协助。"

"好啊！"斯台普吞说道，"您的确是个小心谨慎的人。如果您愿意的话可以上我们那里坐坐，我很愿意把您介绍给我的妹妹。顺着这条沼地小径慢慢走一会儿，就能到梅利琵了。"想到福尔摩斯嘱咐我应当对沼地上的邻居们加以考察，因此我接受了斯台普吞的邀请。

我们走过了一条狭窄多草的由大道斜岔出去的小路，曲折迂回地穿过沼地。"这片沼地可真是个奇妙的地方，起伏不平的丘原，参差不齐的花岗岩山巅，广大、荒凉、神秘。我的兴趣促使我观察了这里的每一部分，要想弄清楚这里是很难的。比如北面的这个大平原，中间矗立了几座奇形怪状的小山。您看得出来这是什么地方吗？"他说道。

"这是个少有的纵马奔驰的好地方。"

"您自然会这样想。可是到现在为止，这种

想法已不知葬送了多少性命了。您看得见那些密布着嫩绿草地的地方吗？"

"是啊，看来那地方更肥沃些呢。"

斯台普吞大笑起来。"那就是大格林盆泥潭，"他说道，"在那里只要一步不小心，无论人畜都会丧命的。就是在干燥的月份，穿过那里也是危险的。下过这几场秋雨之后，那里就更可怕了。可是我就能找到通往泥潭中心去的道路，并且还能活着回来。"

这时，我看到那绿色的苔草丛中，一匹棕色的小马正在泥潭里上下翻滚，脖子扭来扭去地向上伸着，随后发出一阵痛苦的长鸣，可怕的吼声在沼地里起着回响，吓得我浑身都凉了。他却若无其事地说："已经是今天的第二起了！这些小东西一点记性都没有。"

"那您怎么穿过去？"

"这里有一条小路，只有动作很灵敏的人才能走得过去。那边的小山里长着稀有的植物和蝴蝶。"

"哪天我也去碰一碰运气。"

他忽然脸上带着惊讶的表情望着我，"千万放弃这个念头吧。那样就等于是我杀了您。我敢说您难得会活着回来的，我是靠着记住某些错综复杂的地标才能到那里去的。"

突然一声又长又低、凄惨得无法形容的呻吟声传遍了整个沼地，可是无法说出是从哪里发出来的。斯台普吞面带好奇的表情望着我，"据说是巴斯克维尔的猎狗在寻找它的猎物。我以前曾听到过一两次，可是声音从没有像今天这样大过。"我心里害怕得直打冷战，说道："这真是我一生中所听到过的最可怕、最奇怪的声音了。"

"也许是的，华生医生，但是您会发现沼地的一些很特别、有趣的地方，噢，对不起，请等一会儿！一定是赛克罗派德大飞蛾。"一只不知是

蝇还是蛾的东西穿过了小路，翩翩地飞了过去，顷刻之间斯台普吞就以少有的力量和速度扑了过去。这时我听到脚步声，转过身来，看到离我不远的路边有一个女子。我相信这位就是我曾听说过的斯台普吞小姐。

"回去吧！"她说道，"马上回到伦敦去，马上就走。再也不要到沼地里来。"我吃惊地盯着她，问道："我为什么应该回去呢？"

"难道您还看不出来这个警告是为您好吗？回伦敦去！嘘，我哥哥来了！关于我说过的话，一个字也不要提。"说完，她又大声说道，"亨利爵士，可惜您来晚了，没看到沼地最美的景色。"

斯台普吞已经放弃了对那只小虫的追捕，回到了我们的身边，正好听到了这句话，但是他仍然以怀疑的眼光看着我们。

"不，不对。"我说道，"我不过是个普通人，是爵士的朋友，我是华生医生。"斯台普吞小姐的

脸顿时红了起来。

不多久我们就到了沼地上的一所荒凉孤独的房子，这就是梅利琵宅邸。室内布置得整洁而高雅，我不禁感到奇怪，什么原因使得这位受过高深教育的男子和这位美丽的女士到这样的地方来住呢？

"选了个怪里怪气的地点，是不是？"他像回答我所想的问题似的，"可是我们竟能过得很快活，不是吗，贝莉？"

"很快活。"她说道。可是她的语调却显得很勉强。而今天阴惨的沼地，斯台普吞小姐的警告让我急于要回去看我的委托人了，于是我婉谢了留下来吃午饭的邀请，立刻就踏上了归途，顺着来时的那条长满野草的小路走了回去。

在我还没有走上大路的时候，我就大吃一惊

地看到了斯台普吞小姐正坐在小路旁边的一块石头上。她由于经过剧烈运动，脸上泛出了美丽的红晕，两手叉着腰。

"为了截住您，我一口气就跑来了，华生医生，"她说道，"很抱歉，我竟把您看成了亨利爵士。请把我所说过的话忘掉吧，这些话与您是毫无关系的。"

"可是我是忘不掉的，斯台普吞小姐。"我说道，"我是亨利爵士的朋友，我非常关心他的幸福。为什么您那么急切地认为亨利爵士应当回到伦敦去呢？为什么您不愿让您哥哥听到您的话呢？"

"我哥哥很希望这座庄园能有人住下来，因为他认为这样对沼地上的穷人们会有些好处。如果他知道我说了什么可能会大发雷霆呢。我得回去了，否则他看不见我，就会怀疑我是来和您见面了。再见吧！"她转身走去，几分钟之内就消失在乱石之中了，而我则怀着莫名的恐惧赶回了巴斯克维尔庄园。

六　华生医生的报告

扫码听书

从此以后，我便按照事情发生的先后，给福尔摩斯写信，告知这边所发生的一切事情，期待能够得到他的回复。斯台普吞第一天就来拜访了亨利爵士。第二天早晨，他又带领着我们两人去看据说是祖先修果出事的地点，后来在梅利琶宅邸吃了午饭。亨利爵士一见斯台普吞小姐似乎就被强烈地吸引住了。可是每当亨利爵士对这位小姐稍加注视的时候，斯台普吞的脸上就露出极为强烈的反感，他想尽方法避免他俩有独处密谈的机会。

另一个邻居是赖福特庄园的弗兰克兰先生，他住在我们南面约四英里远的地方。他是个业余天文学家，一天到晚地伏在自己的屋顶上用一架绝佳的望远镜向沼地上瞭望，希望能发现那个逃犯。

白瑞摩太太引起了我的注意，我不止一次地看到她脸上带有泪痕。我似乎也发现了白瑞摩先生的秘密，好几个晚上他都拿着蜡烛在窗前向着漆黑的沼地注视。于是我和亨利爵士探讨之后，决定晚上守株待兔。

我们连续等了两个晚上，第三个晚上他终于出现了。准男爵直接走了过去，白瑞摩随即一跳就离开了窗口，面色灰白，浑身发抖，眼睛里充满了惊恐的神色。

"他一定是在传递信号。"我说道，"咱们试试看是否有什么回答信号。"我也像他一样地拿着蜡烛，注视着漆黑的外面。突然，出现了一个极小的黄色光点刺穿了漆黑的夜幕，我高声欢呼起来。

"把灯光移开窗口，华生！"准男爵喊了起来，"看哪，那个灯光也移开了！白瑞摩，你打信号在这里做什么？不说你就不要在这里干事了。"

"不，不，爵爷，都是我的错！我那不幸的弟弟——就是那个逃犯塞尔丹。都怪我们在他小时候对他太溺爱了，他才成了这样。可他现在正在沼地里挨饿呢，我们不能让他饿死。这灯光就是告诉他食物已准备好了的信号，而他那边的灯光则是表明送饭地点的。"传来了一个女人的声音，白瑞摩太太正站在

门口，脸色比她丈夫更加苍白，样子也更加惶恐。

"这都是真的吗？白瑞摩？"

"完全是真的，亨利爵士。"

"好吧，既然你能告诉我们真相。就把我刚才说的话忘掉吧。其他的事情咱们明早再谈吧。"

他们走了以后，我们又向窗外望去，不约而同的，我们产生了去抓那个逃犯的想法。于是不到五分钟我们就出了门，我们刚刚走到沼地上的时候，就开始下起细雨来了。沼地里恐怖的声音一阵阵地发了出来，先是一声低鸣，接着是一阵怒吼，再后来又是凄惨的呻吟，那声音刺耳、狂野而又吓人，准男爵抓住了我的袖子，他的脸在黑暗中变得惨白，"那是什么呀？华生。"

"不知道。是来自沼地的声音，我听到过一次。"

"华生，"准男爵叫道，"这是猎狗的叫声。"

声音来自大格林盆那个方向。我们一向认为是无稽之谈

的猎狗似乎在向我们展示它的存在。我们靠着仅存的一点勇气，跌跌撞撞地赶到了那黄色的光点处，而在蜡烛附近的岩石后面探出来一张可怕的黄面孔——一张吓人的野兽般的面孔，满脸横肉，肮脏不堪，长着粗硬的长须，乱蓬蓬的头发。看到我们，他立刻扔过来一块石头，然后跑了。虽然我们跑得很快，可是他更快，一会儿就看不见了。

就在这时，发生了一件最最奇怪和想象不到的事。光影中，我看到远处一座花岗石岩岗的尖顶上，有一个男人的身影，像一座漆黑的铜像。他又高又瘦，两腿稍稍分开地站着，两臂交叉，低着头，就像是面对着眼前满布泥炭和岩石的广大荒野正在考虑什么问题。一转眼，却又不见了。这是谁呢？

第二天是一个阴晦多雾、细雨蒙蒙的日子。早饭之后，白瑞摩很直接地表达了自己的不满，因为他知道了我们昨晚去抓塞尔丹了。

管事的站在我们面前，面色很苍白，可是很镇定。

"也许我说话太过火了一些，爵爷。"他说道，"但是，这个可怜的家伙，已经很惨了。过不了几天他就要去南美了。看在上帝的面上，我恳求您不要让警察知道他还在沼地里。他可以一直安静地藏到准备好船只的时候。您放心，他绝对不会再犯错的，他若再犯一次罪就会暴露他的藏身之所了。"

"这倒是实话。好吧，我答应你了。"

"您对我们太好了，我愿尽我所能来报答您。我不久前知道一件事，查尔兹爵士临死前在栅门旁等的人是一个女士，她的姓名的首字是

L．L．"

准男爵和我都站了起来，"你是怎么知道的？"

"那天早晨，碰巧只有那一封信，所以引起了我特别的注意。那信是从库姆·特雷西地方寄来的，而且是女人的笔迹。查尔兹爵士去世后，我太太在清理书房时在炉格后面发现了一封烧过的信纸的灰烬。只有信末的一小条还算完整，写的是：'您是一位君子，请您千万将此信烧掉，并在十点钟的时候到栅门那里去。'下面就是用'L．L．'这两个字头签的名。可是，我不知道它们指的是谁。"

就这个问题，我请教了摩梯末医生。他告诉我，劳拉·莱昂丝——弗兰克兰的女儿，她姓名的字头就是"L．L．"，而且住在库姆·特雷西。她因为没得到弗兰克兰的允许，跟一个画家结了婚，她父亲跟她断绝了关系。但是婚后她过得很不好，想离婚，但没有经济来源，这里的人们都曾接济过她。

一切都合乎情理了。就在我准备去找这位夫

人的时候，白瑞摩又告诉了我一个消息：沼地上除了塞尔丹之外居然还有一个人。

"是塞尔丹告诉我的，这个人也在藏着呢。可是我估计他不是逃犯。一定有一个可怕的阴谋！先生，真希望亨利爵士能回到伦敦去呢。"他带着真挚热切的情感说道。

"沼地里的这个陌生人，有什么具体情况吗？"

"塞尔丹看到过他一两次，可是他是个很阴险的家伙，住在山坡上古代人住过的小石头房子里。有一个为他服务的小孩儿，给他送他所需要的东西。"

七　岩岗上的人

第二天我就去找了莱昂丝太太，当她问明我的来意之后，脸色都白了。

“您和查尔兹爵士通过信吗？”

“是的，我写过。”她喊道，“是我写的。他是个好人，他和斯台普吞先生都帮助过我。我最近急需一笔钱，因此我才请求和他见面的。可是我后来并没有去。”等我继续追问下去时，已经什么都问不出来了。

我无奈地结束了这个毫无结果的拜访。坐着马车往回走，正好路过弗兰克兰先生家，他在花园门口大喊：“华生医生，我发现那个逃犯了。他肯定在沼地里。”他的话让我为白瑞摩担心起来，不由得走进了他家。我说道，“可是您怎么知道他确实是在沼地里呢？”

"因为我亲眼看到过那个给他送饭的小孩儿。那个小孩儿每天都在同一时间走过同一条道路，除了到罪犯那里去之外，他还会到谁那里去呢？"

果然，不一会儿，我在他的望远镜里看到一个肩上扛着一小卷东西的孩子，正在费力地慢慢向山上走着。当他走到最高点的时候，就鬼鬼祟祟地向四周望着，好像是怕被人跟踪似的。翻过山就不见了。看到这些我迅速离开弗兰克兰的家，一个人来到石头房子里，的确是有人住过。可是，我不禁吃惊起来：在这多雨的季节里住在几乎没有屋顶的房子里，怎么熬得住呢？他也许就是伦敦大街上坐在马车里的人，我这次可不能让他溜走了。正在这时，远处传来了皮鞋走在石头上所发出来的"得得"声，一步又一步地走近了。我退回到最黑的屋角去，手在口袋里把左轮

手枪握住。那声音停了一会儿后又动了起来，一条黑影由石屋的开口处投射进来。

"真是个可爱的黄昏，亲爱的华生，"一个很熟悉的声音说，"我觉得你到外边来要比呆在里面舒服得多呢。"

八　沼地的惨剧

扫码听书

我屏住呼吸坐了一两分钟，简直不能相信我的耳朵。因为那种冰冷、尖锐和嘲讽的声音只可能属于那个人。"福尔摩斯！"我喊了起来。

"出来吧！"他哈哈大笑，"当心你那支左轮手枪。"

当他看到我那吃惊

的表情时，他高兴地笑了起来，几天没见，他变得又瘦又黑，"华生，看你丢下的烟头我就知道是你。"

"我看到了你雇佣的小孩儿了。可是，你究竟是怎么到这里来的呢？我以为你是在贝克街呢。"

"我正希望你这样想呢。"

"可是为什么要把我蒙在鼓里呢？原来你并不信任我呀！"我又气又恼地喊道。

"如果我和你们都在一起的话，就等于向我们的对手发出警告，叫他们多加小心了。事实上，我一直是能自由行动的，我使自己在这件事里做一个不为人知的角色，随时准备在紧要关头全力以赴。我把那个孩子——卡特莱带来了，他可以照顾我一些简单的需要；你的报告帮助我理清了思路；我的自由让我更好地去查清楚一些信息。"

我因为受了欺骗，心里还是很不舒服，可是福尔摩斯这些赞扬的话很温暖，驱走了我内心的愤怒。我把自己与劳拉·莱昂丝的谈话内容都告诉了

福尔摩斯。他非常高兴，"你干得很棒，华生。她是这件事里唯一能对我们有所帮助的人了。你的这次谈话把这件最复杂的事情里，我一直连接不起来的那个缺口给填上了。告诉她斯台普吞夫妇的真相对我们来说肯定很有帮助。"

"啊？天哪！"这时我才知道那个被称作斯台普吞小姐的女士，居然是斯台普吞的妻子，"亨利爵士已经爱上了她。斯台普吞这么做是为什么？"

"斯台普吞特别留意避免亨利爵士向她求

爱，这是你亲眼看到的。而让她扮成一个未婚的女子对他要有用得多。"

我的全部猜测突然变得具体起来，并且全都集中到生物学家身上了，我好像看出了可怕的东西——无限的耐性和狡黠，一副伴装的笑脸和狠毒的心肠。

"那么说在伦敦尾随咱们的就是他了？那个警告一定是她发的了？你怎么知道他们是夫妻呢？"

"因为他从前曾在英格兰北部当过小学校

长，学校垮台后，夫妻俩就不见了。当然他们用的并不是现在这个名字，但是相貌特征和昆虫学的爱好都完全符合。我稍微调查了一下，就很清楚了。"

夜降临了沼地。

"还有最后一个问题，福尔摩斯，"我说道，"他这样做是什么意思啊？其目的何在呢？"

福尔摩斯在回答的时候，声调都放低了："这是谋杀，华生，是件深谋远虑、残忍至极的蓄意谋杀。我已经调查得差不多了，现在就怕他先行下手。这两天你得看好亨利爵士才行。"

突然，一阵可怕的尖叫声——一阵连绵不断的恐惧与暴怒的喊叫声冲破了沼地上的寂静。

福尔摩斯猛然站起来，朝黑暗中望去。

"是猎狗！"福尔摩斯喊了起来，"天哪！说不定咱们已经来不及了！我们真是笨蛋啊！竟然不采取行动。"

我们朝着那可怕的声音

传来的方向跑去，在一处直上

直下的崖壁边，我们看到了一个趴在地上的人，福尔摩斯划燃了一根火柴，火光照清楚了一件使我们痛心的事——正是亨利爵士的尸体！我们俩谁也不可能忘记那身特别的、用苏格兰呢制成的衣服——就是曾经在贝克街看到他穿的那一套。

我们痛心地向尸体走去，福尔摩斯突然大叫了一声，在尸体旁边弯下了身，然后大笑起来，"胡子！胡子！这人有胡子！这是我的邻居，那个逃犯！"

我赶快把死尸翻了过来，一看他那突出的前额和野兽般深陷的眼睛就不会弄错，确实就是逃犯塞尔丹的面孔。我马上都明白了，我记起了准男爵曾经告诉过我，他曾把他的旧衣服送给了白瑞摩。白瑞摩把这些衣服转送了出去，好帮助塞尔丹逃跑。靴子、衬衣、帽子——全都是亨利爵士的。

"那么说，这身衣服就是那恶棍致死的原因了，"福尔摩斯说，"问题很清楚，那只猎狗是先闻了亨利爵士的东西之后，才被放出来进行追踪的——就是那只在旅馆里被偷去的，却再也没有找到的高筒皮鞋。而新的棕色鞋因为还没穿过，所以没有气味，又被退了回来——因此这个人才被穷追不舍，直到摔死为止。"

我们正低声说着，在沼地上，有一个人正向我们走来，正是那位生物学家。他一看见我们便停住了，然后又向前走了过来。而当他发现死的人是那个逃犯时，脸色更加精彩了，可是他以极大的努力克制住了惊慌和失望的表情。他两眼死盯着福尔摩斯和我，"天哪！这是多么惊人的事啊！他是怎么死的？"

"我可以肯定，焦虑的心情和长期露宿在外的生活已经把他逼得发疯了。他一定疯狂地在沼地里奔跑，而最终则在这里跌了一跤，把脖子摔断了。"

"看来这倒是个最合理的说法，"斯台普吞说道，他还叹了一口气，似乎放心了，"您认为怎么样，夏洛克·福尔摩斯先生？"

"您认人认得真快。"我的伙伴说道，"不

过我明天就要带着一桩不快的回忆回到伦敦去了。"

九　设网

扫码听书

和斯台普吞分手后，我们一起往庄园走去。"咱们终于就要抓住他了，"福尔摩斯说，"这家伙的神经可真够坚强的！咱们从来没遇见过比他更值得一斗的对手呢。"

亨利爵士见到了福尔摩斯，非常高兴，因为他一直希望他到这里来。亨利爵士告诉我们，斯台普吞邀请他今天去他家吃饭。由于我外出未归，他坚守着不能一个人外出的誓言，所以没有赴约。我暗想：幸亏如此，才救了他一命。我顺便把塞尔丹死的消息透露给白瑞摩夫妇，白瑞摩太太听完立刻痛哭起来，再怎么凶残也是她的亲弟弟啊！

正谈着，福尔摩斯突然呆呆地看着爵士身后的所有祖先肖像中的其中一位，"我对面的这个骑士——穿着黑天鹅绒斗篷、挂着绶带的这位是谁？"

"啊，他就是一切不幸的根源——修果·巴斯克维尔，猎狗的传说就是从他开始的。"

爵士休息后，福尔摩斯领着我又回到宴会厅。他直接站在一把椅子上，左手举起蜡烛，右臂弯曲着掩住画像中人下垂的头发。"天哪！"我惊奇地叫起来，好像是斯台普吞的面孔由画布里跳了出来。

"哈哈，你终于看出来了。我的眼睛是经过

特殊训练的。这是一个返祖遗传的有趣的实例，显然，这家伙是巴斯克维尔家的后代。还怀着篡夺财产继承权的阴谋呢。"福尔摩斯突然发出了少有的大笑。而只要他一笑，总是说明有人就要倒霉了。

第二天早餐时福尔摩斯对亨利爵士说："斯台普吞邀请您今天去他家了吧？他昨天也邀请我们了。但是请您转告他，我们本来是很愿意去的，可是有件急事要求我们回到城里去。"亨利爵士听到这里脸色都白了，福尔摩斯却继续说道："再向您提出一个要求，我希望您坐马车去梅利琵宅邸，然后把马车打发回来，让他们知道，您是打算走着回家的。"

"走过沼地吗？您平时不是不让我这样做吗？"我从准男爵紧锁的眉头上看出，他认为我们是弃他而去，因而深感不快。

"对，这一次必须这样做。如果您珍视您的生命的话，穿过沼地的时候，除了从梅利琵宅邸直通格林盆大路的直路之外，不要走别的方向，那

是您回家的必经之路。"

就这样，我们就向愠怒的朋友告了别。两小时之后我们就到了库姆·特雷西，找到了劳拉·莱昂丝太太。正如福尔摩斯所料，她看了福尔摩斯从小学的取证，知道斯台普吞小姐是斯台普吞的妻子后，她惊呆了。告诉了我们当时所有的情况：斯台普吞骗她，只要她离婚就娶她，而离婚所花费的钱可以向查尔兹爵士借。但后来又不让她去赴约了。所以查尔兹爵士当晚才会在那里等人，最后暴死。

了解到这些情况之后，应福尔摩斯邀请，侦探雷斯垂德来了。

十　巴斯克维尔的猎犬

扫码听书

我们三人乘着马车往庄园赶去，在靠近大门口的地方就下了车，然后走向梅利琵宅邸，躲在了离房子约两百码的地方。我轻轻地顺着小径走去，看向屋里，里面只有亨利爵士和斯台普吞两个人。

雾渐渐起来了，随着夜深，越来越浓，严重扰乱了我们的视线。我们不得不退后到比较高的地方，焦急的等待着。这时，一阵急速的脚步声打破了沼地的寂静。我们蹲在乱石之间，看着亨利爵士穿过浓雾，在被星光照耀着的清朗的夜色中惊慌地走着，迅速奔向我们背后那漫长的山坡。

就在那时，浓雾弥漫之中

传来了轻轻的吧嗒吧嗒的声音。我们三人瞪大了眼睛，不知道那里将出现什么可怕的东西。突然，雷斯垂德恐怖得叫了一声就伏在地上了。

浓雾中蹿出来的那形状可怕的东西吓得我魂飞天外：是一只黑得像煤炭似的大猎狗，它那张着的大嘴里向外喷着火，身体的各部位都在闪烁发光。狰狞的狗脸和黑色的躯体顺着小路窜了下去，紧紧地追赶着爵士。

我们被这个幽灵惊得呆住了，就这一会儿，它已从我们的面前跑过去了。后来，福尔摩斯和我一起开了枪，那家伙难听地吼了一声，说明至少是有一枪已经打中了，可是它仍然向前蹿去。我从没见过谁能像福尔摩斯在那天夜里跑得那样快。在我们沿着小路飞奔前进的时候，我们听到前面亨利爵士发出来的一声接连一声的喊叫和那猎狗发出的深沉的吼声。当我赶到的时

候，正好看到那野兽蹿起来，把准男爵扑倒在地上，要咬他的咽喉。在这万分危急的时刻，福尔摩斯一口气地把左轮手枪里的五颗子弹都打进了那家伙的侧腹。那狗发出了最后一声痛苦的嚎叫，并向空中凶狠地咬了一口，随后就躺了下去，死了。

亨利爵士躺在他摔倒的地方，失去了知觉。

我们把他救醒后，"我的上帝啊！"他说道，"那是什么？究竟是什么东西啊？"

"不管它是什么，反正它已经死了，"福尔摩斯说道，"巴斯克维尔的传说结束了。"

躺在我们面前的四肢伸开的尸体，外貌可怕而又凶暴，大得像个狮子。那张大嘴好像还在向外滴

答着蓝色的火焰。我摸了摸那发光的嘴，抬起手来，我的手指也在黑暗中发出光来，"是磷。"

"这种布置多么狡猾啊！我们太抱歉了，亨利爵士，竟使你受到这样的惊吓。我本想捉的是一只平常的猎狗，万没有想到会是这样的一只。"

"至少你们救了我的性命。现在怎么办呢？"

"如果您愿意等一等的话，我们一会儿陪着您回到庄园去。不过我们现在非得离开您不可了，证据已经齐全了，现在只需要抓那个人了。"

我们扶着他走到一块石头旁边，他坐下用颤抖着的双手蒙着脸。

"他一定追随着那只猎狗，好指挥它，当然

现在他肯定已经逃走了。可是咱们还得搜查一下房子。"

房子里我们找到了斯台普吞太太。她被捆在了二楼的柱子上，已经晕过去了，身上都是伤痕。我们救醒她之后，她听到了自己满意的答案，亨利爵士活着，猎狗已经死了。

"他现在只能逃到一个地方去，"她说，"在泥潭中心的一个小岛上，有一座旧时的锡矿，他就是把猎狗藏在那里的，他一定会向那里跑的。"

雾像雪白的羊毛似的紧围在窗外。福尔摩斯端着灯走向窗前，说道："看，今晚谁也找不出走进格林盆泥潭的道路的。"

斯台普吞太太拍手大笑起来，"他也许能找到走进去的路，可是永远也别打算再出来了。他今晚怎么能看得见那些木棍路标呢？是他和我一起插的，用来标明穿过泥潭的小路。唉，如果我今天能够都给他拔掉该多好啊，那样您就能任意处置他了！"

第二天，我们到了被泥潭环绕的小岛上时，的确再也没有找到斯台普吞的一丝痕迹。这个残忍的、心肠冰冷的人就这样地永远被埋葬了。

从侦探小说的历史来概括，"斑点带子案"是《福尔摩斯探案全集》里，60个案件中唯一的密室案件。这个案件与《巴斯克维尔的猎犬》并列为福尔摩斯最恐怖的两个案例。

冒险史

一　斑点带子案

扫码听书

一八八三年四月初的一天早上，我一大早就被福尔摩斯叫了起来。我们一起走到了起居室，看到一位小姐正端坐窗前。"早上好，小姐，"福尔摩斯愉快地说道，"请凑近壁炉坐坐，我看你在发抖。"

"你们好，先生们。我很害怕，所以我的朋友推荐我来找你们。"她脸色苍白，双眼中流露出惊惶不安的神情，三十岁的年纪，头发里却夹杂着不少白发，看起来有些未老先衰。

"你不必害怕，"我的伙伴安慰她说，"我们很快就会把事情处理好的。我知道，你是今早坐火车来的。而且在到达车站之前，还乘坐着双轮单马车在崎岖的泥泞道路上行驶了一段漫长的路程。"

这位小姐非常吃惊地看着我的伙伴。福尔摩斯笑了笑，"你外套的左臂上，至少有七处溅上了泥。这些泥迹都是新沾上的。只有这种单马车才会甩起泥巴来，并且只有你坐在车夫左面才会溅到泥的。"

"完全正确，先生。"她开始诉说起来，

"我叫海伦·斯托纳，目前和继父住在一起。继父的家族曾是英国最富有的家族之一，但是被后代挥霍一空，只留下一座破落的古老宅邸。继父靠着从亲戚那里借钱取得了医学学士的学位，去印度做了医生。我的生父斯托纳少将很早就去世了。

继父罗伊洛特医生在印度时娶了我的母亲，当时我和我的孪生姐姐年仅两岁。母亲有笔相当可观的财产，她立下遗嘱把财产全部遗赠给继父，但附有一个条件：在我们姐妹俩结婚后，每年要拨给我们一定数目的金钱。

"回英国后不久母亲就去世了，我们和继父便一起回到他的家族留下的古老宅邸里生活。而这时，继父变得极为暴躁，邻里关系很差，人人望而生畏。他非常喜爱印度的动物，养着一只

印度猎豹和一只狒狒，它们在房前屋后自由地跑来跑去，村里人非常害怕。这种情况下，我和姐姐没有任何生活乐趣，也没有朋友。我们操持所有的家务。姐姐死的时候才三十岁，却和我一样两鬓斑白了。"

"你姐姐怎么死的？"我的伙伴问道。

"她是两年前死的。我想说的就是这件事。当时她准备结婚了，我继父知道后，并未表示反对。但是，在婚礼之前不到两周的时候，姐姐却死去了。我们的卧室都在一楼，第一间是继父的，第二间是姐姐的，第三间是我的。这些房间的窗户都朝着外面的草坪，房门都朝着同一条走廊。那天晚上，我听到一声姐姐惊恐的狂叫，就从床上跳了起来。就在我开启房门时，好像听到一声轻轻的口哨声，然后又听到"哐啷"一声，就像一块金属的东西倒在地上。我顺着过道跑过去，只见姐姐打开了房门，脸色苍白，双手摸索着，身体摇摇晃晃，然后像一个正在经受剧痛的人那样翻滚扭动。我赶紧抱住她，她突然发出凄厉的叫喊，'海伦！是那条带子！那条带斑点的带子！'当继父赶到时，姐姐已不省人事了。

"最近我也要结婚了。两天前由于这所房子要重新修缮，我的房间被打了些洞，我就搬到姐姐的房间去住。昨晚我又听见了口哨声，可是点灯后什么都没看见。我一晚没敢睡觉，今天就直接来找您了。"

"你做得对。"福尔摩斯说，"但我们需要调查才能发现问题。假如我们今天到你家里去，我们能否在你继父不知道的情况下，查看一下这些房间？"

"很凑巧，他说过今天要进城来办一些十分重要的事。"

"太好了，我们下午见吧！"

送走斯托纳小姐之后，福尔摩斯就去了医师协会，回来时已快一点了。他手中拿着一张纸，上面潦草地写着一些文字和数字。他说："我看到了那位已

故的妻子的遗嘱。她去世时所有的财产为一千一百英镑，而现在，至多不超过七百五十英镑。可是每个女儿一结婚就有权索取二百五十英镑。很明显，假如两个孩子都结了婚，这位医生就会只剩下很少的财产。那么，华生，你准备好你的枪了吗？我们得立刻出发了。"

我们到的时候，斯托纳小姐正焦急地等着我们，我们立刻开始了检查。福尔摩斯在那块草坪上缓慢地走来走去，十分仔细地检查了百叶窗，发现从里面关上以后，没人能够从窗子进入房间。

于是我们又开始检查房间里面，来到了她姐姐的房间。这是一间简朴的小房间，福尔摩斯搬了一把椅子到墙角，默默地坐在那里，他的眼睛却前前后后、上上下下不停地巡视。

最后，他注意到了悬挂在床边的一根粗粗的铃拉绳，那绳头的流苏实际上就搭在枕头上。他俯下身去，手里拿着放大镜，仔仔细细地把周边检查了一遍，连地板缝都没放过。末了，他把铃绳握在手中，突然使劲拉了一下。"咦！这只是做样子的。"他说，"上面没有接上线，根本无法叫到仆人。这很有意思。绳子刚好是系在小小的通气孔上面的钩子上。而这个通气孔居然是朝向隔壁房间的！您要是允许的话，斯托纳小姐，我们到那一间去检查检查。"

那间是小姐继父的房间，稍宽敞些，但陈设也很简朴。福尔摩斯慢慢地绕了一圈，全神贯注、逐一地将房间里的家具都检查了一遍。他注意到保险柜上边有一个盛奶的浅碟，敲敲保险柜，又仔细检查了旁边的椅子。检查完之后，他看到床头一条奇怪的鞭子，他的脸色变得难看起来。这根鞭子是卷着的，而且打成结，以使鞭绳盘成一个圈。

我的朋友脸色阴沉地说："斯托纳小姐，今

晚你可能就有危险。现在你必须完全听我的，你的生命可能取决于你是否听从我的话。你继父回来时，你要假装头疼，把自己关在房间里。当你听到他就寝后，就必须打开你那扇窗户的百叶窗，把灯摆在那儿作为给我们的信号，随后悄悄地回到你以前的房间。对面的克朗旅店可以看到你这里的情况，我们就住在那里。你的灯亮了之后我们会过来调查事情的真相的。好了，我们必须离开了，要是罗伊洛特医生回来见到了我们，我们这次行程就会成为徒劳了。再见，要勇敢些。"

我们在克朗旅店一直等到十一点的时候，对面房间的灯亮了。我们立刻向庄园走去，钻进了卧室。

"千万别睡着，这关系到你的性命。把你的手枪准备好，以防万一，我们用得着它。我坐在床边，你坐在那把椅子上。"福尔摩斯的声音轻得刚好只能让我听见。我取出左轮手枪，放在桌子角上。

福尔摩斯带来了一根又细又长的藤鞭，把它放在身边的床上。床旁边放了一盒火柴和一个蜡烛头。然后，他吹熄了灯，我们就待在黑暗中了。

漫长的等待后，我们一直沉默地端坐在那里。突然，从通气孔那个方向闪现出一道转瞬即逝的亮光，随之而来的是一股燃烧煤油和加热金属的强烈气味，隔壁房间里有人点着了一盏遮光灯。突然，我听到另一种声音——一种非常柔和轻缓的声音，就像烧开了的水壶嘶嘶地喷着气。在我们听到这声音的一瞬间，福尔摩斯从床上跳了起来，划着了一根火柴，用他那根藤鞭猛烈地抽打着那根铃绳。"你看见了没有，华生？"他大

声地嚷着，"你看见了没有？"

他停止了抽打，我只看到我朋友的脸异常苍白，满脸恐怖和憎恶的表情。突然隔壁爆发出一声我从未听到过的最可怕的尖叫，叫声中交织着痛苦、恐惧和愤怒。后来听说这声音把邻居都从熟睡中惊醒了。我们呆呆地望着彼此，一直到最后的回声渐趋消失，一切又恢复了原来的寂静。

"这是什么意思？"我忐忑不安地说。

"意思是，事情了结了。"福尔摩斯回答道，"带着手枪，我们到罗伊洛特医生的房间去。"

他点着了灯，带头走过过道，表情非常严峻。他敲了两次卧室的房门，里面没有回音。他随手转动了门把手，进入房内。我紧跟在他身后，手里握着手枪。出现在我们眼前的是一幅奇特的景象：桌上放着一盏遮光灯，

一道亮光照到柜门半开的保险柜上。罗伊洛特医生坐在那把木椅上，眼睛恐怖地盯着天花板。他的额头上绕着一条异样的、带有褐色斑点的黄带子，那条带子似乎紧紧地缠在他的头上，我们走进去时，他既没有作声，也没有动一动。

"带子！带斑点的带子！"福尔摩斯压低了声音说。

我向前跨了一步。只见医生那条异样的头饰蠕动起来，突然从他的头发中间昂然钻出一条又粗又短、长着钻石型的脑袋和胀鼓鼓的脖子的、令人恶心的蛇。这是印度最毒的毒蛇——沼地蝰蛇。

福尔摩斯迅速从死者膝盖上取过鞭子，套住那条蛇的脖子，把它扔到铁柜子里，随手将柜门关上。

"亲爱的华生，"他说，"这位医生想害别人，结果却害死了自己。检查时，我被那个通气孔、悬挂的铃绳和不能移动的床所吸引，我怀疑这些都是为了方便什么动物爬进来。在医生的房间里，一切怀疑得到证实：盛奶的浅碟证明他确实驯养了这样一只动物，但绝不是猎豹和狒狒。椅子上有他经常踩踏的痕迹，说明他是站在椅子上把它送进通气孔的。斯托纳小姐听到的金属哐啷声很明显是他继父急忙把毒蛇关进保险柜时发出的。于是我采取了行动。在刚才听到那东西"嘶嘶"作声的时候，我马上点着了灯并抽打它，把它从通气孔赶了回去，我那几下鞭子抽打得它够受的，激起了它凶恶的本性，因而它对第一个见到的人狠狠地咬了一口。恶有恶报啊！凭良心说，我是不会为此而感到内疚的。我们现在可以把斯托纳小姐转移到安全的地方，再让警察知道发生了些什么吧。"

导读

1889年，华生与摩斯坦小姐结婚后离开了贝克街，但仍经常与福尔摩斯一起办案。同年六月，福尔摩斯侦破了这件据说是儿子谋杀父亲的案件。

二　博斯科姆比溪谷疑案

扫码听书

同往常一样，福尔摩斯一封电报就让我离开妻子，去和他一起探究那种极难侦破的简单案件。

"这话听起来有点自相矛盾，但这是一个真理。异常现象总是可以为你提供线索。而一个没有特征的平常罪行却很难证明它是某个人所犯的。"坐在火车车厢里的福尔摩斯这样解释。

接着，福尔摩斯跟我讲述了这起据说是儿子谋杀父亲的严重案件："这起案件发生在博斯科姆比溪谷。死者是约翰·特纳先生的一个佃户查尔斯·麦卡锡先生。上周一，有人看到，麦卡锡先生和他的儿子一前一后，走向博斯科姆比池塘。而小麦卡锡腋下还夹着一支枪。后来，庄园看门人的女儿看到父子俩在树林边靠近池塘的地方激烈争吵，儿子举起了他的手，好像要打他父亲似的。他们的态度把这个女孩子吓跑了，回去告诉看门人所发生的事情。还没说完，小麦卡锡便跑来请求帮助，说他父亲已死在了树林里。他当时十分激动，帽子和枪都不在身上，右手和袖子上有刚沾上的血迹。人们到了现场，便发现尸体躺在池塘边的草地上。死者头部被人猛击，凹了进去。从伤痕看，很可能是被人用枪托打的，那枝枪扔在几步远的地方。在这种情况下，那个年轻人当即遭到逮捕，逮捕的时候他说，这是罪有应得。他被宣告为犯有'蓄意谋杀'罪，案情对这个年轻人十分不利。虽然有人相信他是无辜的，其中包括农场主的女儿特纳小姐。"

我禁不住喊道："似乎所有的证据都对这个

儿子太不利了，那为什么有人认为他是无辜的？"

"因为他对逮捕没有表现出任何异议，这恰好就是异常的地方。要不就是他是清白的，要不就是这人的自制力太强了。他在庭审时说了当时的情况：他曾离家三天，在上周一刚回到家。然后他拿着枪想到池塘附近打猎。当他走到距池塘有一百码的地方时，听见'库伊'的喊声，这喊声是他们父子之间常用的信号。他这才发现他父亲站在池塘旁边。他父亲见到他很惊讶，就交谈了一会儿，很快开始争吵，并且几乎动手了。他生气地离开了，但刚走不远，便听到背后传来可怕的喊叫，他再跑回去，发现他父亲已经躺在地上。他把枪扔在一边，将他父亲抱起来，听到他父亲隐约说了一声'拉特'，便断了气。但他坚持不说自己和父亲争吵的原因。而且也不知道这个'拉特'的意思。还有一个疑点：案发时他跑向受

伤的父亲时，路上有一件灰色的大衣，但当他站起来时，那件大衣已经不见了。至于其他情况，得问雷斯垂德了，他目前承办这个案子。"

我们下了火车，在旅馆见到了雷斯垂德，他说："我的委托人一定要征询你的意见，而我认为凡是我办不到的事，你也是办不到的。"说完他哈哈大笑。他的话音刚落，一位美丽的年轻女子急促地走进了房间。她喊了声："福尔摩斯先生，你来了我很高兴。我知道詹姆斯不是凶手，他不愿说出和父亲争吵的原因肯定是因为我。因为麦

卡锡先生希望我们结婚，詹姆斯却不想。所以他们吵了起来。"

福尔摩斯问："那你的父亲同意这门亲事吗？"

"不，他也反对。赞成的只有麦卡锡先生一人。"

"是吗？"福尔摩斯微微一笑，看了一眼特纳小姐，她的脸忽然红了。他接着说："谢谢你提供这个情况。明天我可以见你父亲吗？"

"医生肯定不会同意的，父亲已经病了很多年了，而这件事使他身体完全垮了。麦卡锡先生

是我父亲的老朋友，他们是在澳大利亚的矿场认识的。"

"哈！在金矿场，特纳先生是在那里发财的。"

"确实是这样。福尔摩斯先生，如果你去看詹姆斯务必告诉他，我知道他是无辜的。"

"晚上我过去的时候一定照办，特纳小姐。"

特纳小姐走后，雷斯垂德严肃地说："福尔摩斯，我真替你感到羞愧。你为什么要叫人家对毫无希望的事抱希望呢？我认为你这样做太残忍了。"

福尔摩斯说："我认为我能为詹姆斯昭雪。"

当晚，福尔摩斯回来得很晚。他告诉我："我相信詹姆斯是无辜的，他很诚实。他的父亲为人刻薄，一直希望他娶特纳小姐，他们就是为这个吵起来的。我们只能期待明天到现场能有新的发现了。"

第二天上午，雷斯垂德乘坐马车来邀请我们，"重大新闻：庄园里的特纳先生病势严重，

已经危在旦夕。他是麦卡锡的老朋友，对麦卡锡可谓仁至义尽，他把农场租给麦卡锡，连租金都不要。有趣的是麦卡锡受了特纳那么多的恩惠，竟然还蛮横地要他的儿子和特纳的女儿结婚，好像这个事情是由他决定的，这不是很让人奇怪吗？"

我们到了庄园后，福尔摩斯先仔细检查了麦卡锡死的时候穿的那双靴子和他儿子的靴子，然后便到了博斯科姆比池塘。"唉，要是我在他们像一群水牛在这里乱打滚以前就到了这里，那事情就会简单多了。"他趴在地上，拿着放大镜，像在自言自语，"这些是小麦卡锡的脚印。他来回走了两次，有一次他跑得很快，因为脚掌的印迹很深，而脚后跟的印迹几乎看不清。这是他看见父亲倒在地上后跑过来的脚印。这里是他父亲来回踱步的脚印。这是什么呢？这是儿子站着时用枪托顶着地的印迹。那么，这个呢？哈！这不是普通的方头靴子！它走过来，又走过去，再走过来——啊，为了取大衣。"他跟着脚印一直走到一棵大树的树荫下，然后再次趴在地上并且发出了轻轻的得意的喊声。他翻动树叶和枯枝，把一块像是泥土的东西放进一个信封里。他又接着检查树皮，并在苔藓中间找出一块锯齿状的石头，也收了起来。然后他顺着小路一直走到公路那里，任何踪迹都消失了。

"这是个很有趣的案件，凶器便是这块石头。"福尔摩斯举起了他捡起的石头，"凶手是一个高个子男子，他是左撇子，右腿瘸，穿一双后跟很高的狩猎靴子和一件灰色大衣，他抽印度雪茄，使用雪茄烟嘴，在他的口袋里带有一把削鹅毛笔的很钝的小刀。这附近的居民不多，凶手是很容易被找出来的。不过现在我想去门房给特纳先生留个便条。"

福尔摩斯留完便条后，我们便回到了旅馆。我的朋友分析道："死者喊'库伊'这个词不是给

他儿子听的，是为了引他约见的那个人的注意。而‘库伊’是澳大利亚人的一种叫法，因此我设想死者要约见的是一个到过澳大利亚的人。看看这张澳大利亚地图，‘拉特’就是巴勒拉特，他当时是想把凶手的名字说出来：巴勒拉特的某某。至于凶手的特征都是我刚才检查现场时看出来的。”

这时，侍者敲门了。“约翰·特纳先生来访。”

进来的这个人相貌不凡。他步履缓慢，一瘸一拐，脸色灰白，嘴唇和鼻端呈深紫色。我一眼就能看出，他患有不治之症。

福尔摩斯彬彬有礼地说：“请坐，很抱歉在您生病的时候请您过来，主要是为了避免流言蜚语，先生，我了解麦卡锡的一切。”

这个老人低垂着头，双手掩面，喊道："上帝保佑我吧！但是我不会让这个年轻人受害的。我患糖尿病多年了，医生说，我是否还能活一个月都是个问题。可是，我是绝对不能让我的女儿受到伤害的。"福尔摩斯在他面前放下一沓纸，"只要你把事实写下来。不到万不得已，我是不会用它的。"

那老人说："这样也好。我的一生就是被麦卡锡毁掉的。我年轻时在澳大利亚和坏人在一起当强盗，在开矿的地方不时抢劫车站和拦截驶往矿场的马车。我当时化名为巴勒拉特的黑杰克。有一天，我们抢劫了一个黄金运输队，除了马车夫之外，其他人都死了。这个马车夫就是这个麦卡锡。我们分了黄金之后，伙伴们便分手了，我回到了英国，结了婚，有了艾丽斯，比起让警察知道当年的真相，我更害怕让我的女儿知道这一切，所以我过着安分守己的正当生活。本来一切都很顺利，可是麦卡锡找到了我，以此为勒索，在我最好的土地上生活，租金全免，甚至

要我的艾丽斯！詹姆斯这个孩子很不错，但是我讨厌他是麦卡锡的儿子。麦卡锡约我在池塘见面谈。当时，我听到他极力劝说他儿子和我女儿结婚时，我愤怒极了。看到他儿子走了之后立刻把他打翻在地，他的叫喊声引来了他的儿子，当时我已经到树林里躲了起来，可是又不得不回去取我丢下的大衣。之后的事情相信你们都知道了。"

老人在写好的那份自白书上签了字。福尔摩斯当即说："除非麦卡锡被定罪，否则我绝不会用它。"

最后，詹姆斯·麦卡锡在巡回法庭上被宣告无罪释放，因为福尔摩斯写了若干有力的申诉意见，这些意见提供给了辩护律师。后来，特纳先生还活了七个月，现在已经去世了。那个年轻人和特纳小姐终于共同过上了幸福的生活，他们根本不知道，在过去的岁月里，他们的上空曾经出现过不祥的乌云。

导读

　　这是福尔摩斯25岁时，受同学所托侦破的第三个案件。古老仪式中，有谁能够发现那些远古的秘密？又有谁可以勘破人性的贪婪，找出凶案背后的事实？

回忆录

一　马斯格雷夫礼典

扫码听书

　　和福尔摩斯在一起的日子充满了刺激和惊险，但是他杂乱无章的生活习惯也时刻挑战着我的容忍限度。我强烈要求他进行整理，他无法反驳这个正当要求，便从箱子里拿出我垂涎已久的马斯格雷夫礼典一案来诱惑我。

　　"我把这个案子详细讲给你听，那么这些杂乱的东西还照原样不动了？"福尔摩斯调皮地大声说道，"哈哈，这个案子可是很奇特的。你看到现在的我已经名扬四海了，但是你很难想象，开始我是多么困难，我经历了多么长久的努力才得到了成功。这是我破的第三个案件，是我从前的同学雷金纳德·马斯格雷夫家发生的事情。

"我们有四年没有见面了。一天早晨他到蒙塔格街来找我。经他一说，我才知道他的父亲两年前已经去世了，现在他管理着赫尔斯通庄园，忙得不可开交。但是，最近却发生了一些怪事。某天晚上，他发现他的管家布伦顿在偷看他们家的文件，于是他准备辞退这个管家。谁知三天之后这个管家却突然不见了。

"我立即问马斯格雷夫这个管家偷看的是什么。他回答说是一份地图和一份奇异的古老仪式中的问答词抄件。这种仪式叫'马斯格雷夫礼典',是他们家族的特有仪式。他认为这些东西对外人来说毫无用处,所以就接着讲家里发生的怪事。

"第三天管家失踪之后,他问家里的女仆雷切尔是否知道布伦顿去了哪里。这个女仆是布伦顿的女朋友,病了很长时间,结果被他抛弃了。而她的病最近才稍微有些好转。没想到,雷切尔发出一阵阵尖声狂笑,并不停地说'他走了'之类的话。马斯格雷夫以为她的病又复发了,急忙叫仆人们把她搀回房去。可是没想到就在布伦顿失踪的第三个晚上,雷切尔也失踪了。他们沿着她的足迹,找到了湖边,但是打捞之后湖里连尸体的影子也没能找到。却捞出了一个亚麻布口袋,里面装着一堆陈旧生锈、失去光泽的金属物件,以及一些暗淡无光的水晶和玻璃制品。我的这位同学始终没有找到管家和女仆,就只好来找

^{wǒ le}
我 了。

^{wǒ duì tā shuō} ^{wǒ bì xū kàn kan nà fèn wén jiàn}
"我对他说：'我必须看看那份文件。'

^{yú shì} ^{tā jiù bǎ nà fèn wén jiàn dì gěi le wǒ} ^{jiù shì mǎ sī}
"于是，他就把那份文件递给了我。就是马斯

^{gé léi fū jiā zú zhōng měi gè chéng nián rén dōu bì xū fú cóng de qí guài de jiào}
格雷夫家族中每个成年人都必须服从的奇怪的教

^{yì wèn dá shǒu cè} ^{zhè jiù shì wèn dá cí de yuán wén}
义问答手册。这就是问答词的原文：

^{tā shì shéi de}
"'它是谁的？'

^{shì nà ge zǒu le de rén de}
"'是那个走了的人的。'

^{shéi yīng gāi dé dào tā}
"'谁应该得到它？'

^{nà ge jí jiāng lái dào de rén}
"'那个即将来到的人。'

^{tài yáng zài nǎ lǐ}
"'太阳在哪里？'

^{zài xiàng shù shàng miàn}
"'在橡树上面。'

^{yīn yǐng zài nǎ lǐ}
"'阴影在哪里？'

^{zài yú shù xià miàn}
"'在榆树下面。'

^{zěn yàng cè dào tā}
"'怎样测到它？'

^{xiàng běi shí bù yòu shí bù} ^{xiàng dōng wǔ bù yòu wǔ bù} ^{xiàng}
"'向北十步又十步，向东五步又五步，向

^{nán liǎng bù yòu liǎng bù} ^{xiàng xī yí bù yòu yí bù} ^{jiù zài xià miàn}
南两步又两步，向西一步又一步，就在下面。'

^{wǒ men gāi ná shén me qù huàn qǔ tā}
"'我们该拿什么去换取它？'

^{wǒ men suǒ yǒu de yí qiè}
"'我们所有的一切。'

^{wèi shén me wǒ men gāi ná chū qù ne}
"'为什么我们该拿出去呢？'

"'因为要守信。'

"我把礼典读了一遍，便觉得一清二楚了。这种测量法一定是指礼典中某些语句暗示的某个地点，如果能够找到这个地点，一切就一清二楚了。就这样，我们来到了赫尔斯通庄园。首先，是要找到橡树和榆树。在马斯格雷夫的帮助下，我们顺利地找到了这两棵树的位置。榆树因为曾经遭过雷击，所以被砍掉了。我们找到了草坪的一个坑洼处，那就是榆树过去生长的地方。这地方几乎就在橡树和房屋的正中间。

"'我想我们不可能知道这棵榆树的高度了吧？'我问他。

"他立即答道：'树高64英尺。'

"'你怎么知道的呢？'我吃惊地问道。

"'我的老家庭教师经常叫我做三角练习，往往是测量高度。我在少年时代就测算过庄园里的每棵树和每幢建筑物。'我真是太幸运了，这数据来得比我想的还快啊。

"我问：'那么，管家曾向你问过榆树的

事吗？”

“他吃惊地望着我，回答道：‘经你一提醒我想起来了，他的确问过。’

“这消息简直太妙了，这说明我的想法是对的。这时太阳已经偏西，不到一小时，就要偏到老橡树最顶端的枝头上空。礼典中提到的一个条件满足了。而榆树的阴影一定是指阴影的远端，于是我们削了木钉，又拿了两根钓鱼竿绑在一起，总长度正好是6英尺。我把钓竿一端插进土中，记下阴影的方向，丈量了阴影的长度，影长9英尺。那么树高64英尺时投影就是96英尺了。我丈量出这段距离，差不多就达到了庄园的墙根。而在此不到2英寸的地上有个锥形的小洞。你看，这是布伦顿丈量时做的标记，我正在走他的老路呢。

"从这点起步我们开始步测，顺着庄园墙壁向北行了二十步，钉下一个木钉。然后我小心地向东迈十步，向南迈四步，便到了旧房大门门槛下。按照礼典指示的地点，再向西迈两步，我就走到石板铺的甬道上了。

"华生，我从来还没有像那时那样扫兴失望过。幸好马斯格雷夫意会过来了。

"'就在下面，'他高声喊道，'你忽略一句话：就在下面。从这扇门进去。'原来，甬道下面有个地下室。马斯格雷夫领我走进了地下室，我们走下迂回曲折的石阶，来到了要找的地方。

空地上有一大块重石板，石板中央安着生锈的铁环，铁环上缚着一条厚厚的黑白格子布围巾。

"'天哪！'我的委托人惊呼道，'那是布伦顿的围巾，这个恶棍在这里干什么？'按我的建议召来了两名当地警察，我们把石板挪到一旁。石板下露出一个黑洞洞的地窖，马斯格雷夫跪在地窖旁，用提灯伸进去探照着。

"地窖里一边放着一个箍着黄铜箍的矮木箱，我们的目光落到一件东西上。那东西蜷缩在木箱旁边，是一个人形，穿着一身黑衣服，蹲在那里，前额抵在箱子边上，两臂抱着箱子。死者

的确是那个失踪的管家，他已经死了几天了。

"而那位失踪的侍女，我想曾经被他骗到这里来。因为管家一个人在下面没有人帮助他是不会安心的。不过要揭起这块石板，对于他们两个人，并且其中一个是妇女，还是过于吃力。而我找到了一根约一米长的木料，一端有明显的缺痕，还有几块木头侧面都压平了，好像是被相当重的东西压平的。这说明我的推论是准确的。

"而那天夜里，很显然，布伦顿钻进了地窖，而姑娘一定是在上面等候。然后布伦顿打开了木箱，把箱子里面装的东西递上去，那后来发生了什么呢？

"我想，或许那个姑娘一见亏待过她的人可以任自己摆布的时候，那郁积在心中的复仇怒火突然发作？或者是其他的什么情况？总之最后石板被放下来了，那个对她薄幸的情人因此窒息而死。难怪第二天早晨她歇斯底里地笑个不停。

"而箱子里有些什么呢？那就是从湖里打捞上来的古金属和水晶石了。她把这些东西扔到湖中，以便销赃灭迹。但是，华生，你能想象么？虽然那些东西被我的委托人看成破烂，可我们却在里面发现了一个双环形的金属制品，不过已经扭曲，不是原来的形状了。这居然是英国的一顶古代王冠！因为马斯格雷夫的祖先拉尔夫·马斯格雷夫爵士，在查理一世时代是著名的保皇党党员，在查理二世亡命途中，是查理二世的得力助手，而这顶破旧得不成样子的王冠曾经是斯图亚特帝王戴过的。他们逃亡时，可能把许多贵重的财宝埋藏起来，准备太平以后回国挖取。

"这就是马斯格雷夫礼典的故事。那王冠还在赫尔斯通庄园。而那个女人，一直音讯全无，很可能她觉得自己杀了人，所以逃亡国外去了。"

导读

　　1892年，《海滨杂志》向柯南·道尔约稿。1894年柯南·道尔汇集了12个短篇，专辑命名为《回忆录》。《银色马》为其中之首。银色白额马的离奇失踪，驯马师的惨死，让整个故事扑朔迷离，而结果却又如此地出人意料。这是一个相当精彩别致的案子，第一次出现"狗为什么不叫"的设计。

二　银色马

扫码听书

　　这两天，福尔摩斯状态不正常。韦塞克斯杯锦标赛中的名驹失踪和驯马师惨死案发生之后，警长格雷戈请福尔摩斯一起侦破此案，从那时起他便沉默寡言起来。两天后，福尔摩斯终于忍不住了。"华生，恐怕我们得亲自去一趟了。"

　　福尔摩斯所说的这匹银色白额马五岁，每次都能为他的主人罗斯上校赢得头奖。可是这次大赛在即，马却离奇地失踪了。驯马师斯特雷克在上校家工作了十二年，平时表现得很好。斯特雷克手下有三个小马倌。马厩里有四匹马。一个小马倌每天晚上都睡在马厩里，另外两个睡在草料棚中。斯特雷克夫妻俩和一个女仆住在离马厩不远的一座房子里。事发的那天晚上一切如常，马厩九点钟上了锁。两个小马倌到斯特雷克家吃饭。第三个小马倌留下来看守，女仆把他的晚饭——一盘咖喱羊肉送来。这时，有个叫菲茨罗伊·辛普森的人来到马厩，他希望从女仆和马倌嘴里打听出下一场锦标赛中哪匹马能赢，好把赌注压在这匹马身上。但这个举动引起了马倌和女仆的反感，把他赶走了。半夜一点时，斯特雷克说要去马厩看看，便披着雨衣离开了家。第二天早晨斯特雷克太太发现斯特雷克没有回来，而睡在马厩里的马倌则不省人事。后来斯特雷克被人发现死在了荒野中的一个凹陷里，头颅已被砸得粉碎，大腿上也受了伤，右手

握着一把小刀，左手握着一条领带。他的大衣被发现在金雀花丛中，身边有大量的马蹄印，银色白额马却不知所踪。回想起来，整个晚上狗都非常安静，没有一声吠叫。

经过化验证明，小马倌吃剩下的晚饭里含有大量麻醉剂，而在同一天晚上斯特雷克家里的人也吃同样的菜，却没有任何不良后果。而死者的左手握着的就是那个来打探情况的辛普森的领带。辛普森立即被逮捕了，他无法说明领带是怎么落入死者手里的，但他否认对自己的指控。

我们到达小镇塔维斯托克时，已经是傍晚时分了。罗斯上校和警长格雷戈里已经在等着我

们了。

不一会儿，我们便到了驯马场。荒野之上，梅普里通马厩与这里遥遥相对。福尔摩斯观察之后说："斯特雷克的尸体在吗？我想看一下他口袋里的东西。"仆人把我们引进前厅，警长打开了一个方形锡盒，把一些东西放在我们面前。其中一把象牙柄小刀和一张纸引起了福尔摩斯的注意：刀是一把非常精细的手术刀，那张纸是女式服饰的发票，据说是开给斯特雷克的好友威廉·德比希尔先生的。奇怪的是，他给妻子买衣服的账单怎么会在斯特雷克身上呢？

"德比希尔太太很阔绰呢，"福尔摩斯看了

看发票说道，"衣服可不便宜。我们现在去犯罪现场吧。"

我们走出起居室，斯特雷克太太正在过道等着，她急切地询问着案情的进展。

福尔摩斯说道："不久以前我肯定在普利茅斯一座公园里见过您，斯特雷克太太，您那时穿着一件淡灰色的镶鸵鸟毛的外套。"

"先生，你弄错了。我从没有一件这样的衣服。"

"啊，真是抱歉。"福尔摩斯说完就随着警长走出来了。案发现场离马场并不远，但是周围很荒凉。如同往常一样，他从警长那里拿来了一个银色马的马蹄铁，在案发现场仔细地检查起来，他如此巨细无遗的检查让罗斯上校感到非常不耐烦。于是他和警长直接去斯特雷克家等我们了。

这边，福尔摩斯也检查完了，我们一起在荒原上慢慢散步。

"华生，这样吧，"他终于说道，"我们先

把马找到。警察们认为马被这里的吉普赛人弄走了，可四处寻找都没有结果。你想，马是爱合群的，它既然没有回到金斯皮兰马厩，就是跑到梅普里通马厩去了。我们就按这个假想去办，看结果怎么样。"

不出福尔摩斯所料，我们没走多远就发现了马蹄印，把马蹄铁与地上的蹄印一对照完全吻合。最后，足迹在通往梅普里通马厩大门的沥青路上中断了。我们到了门口就被农场主人赛拉斯·布朗先生蛮横地拦住了，甚至扬言要放狗咬我们。但福尔摩斯对他耳语了几句话，便被请进客厅密谈了。二十分钟后，福尔摩斯和他重新走了出来，布朗先生畏缩地跟随在我的伙伴身旁，像一条狗跟着它的主人一样。

看到这幅情景，我已经知道了，马果然在这里，而且是被布朗先生藏起来了。

对于罗斯上校，由于他的傲慢态度，福尔摩斯似乎想吊吊他的胃口。所以回到住处之后，我的朋友说道："经过调查，我确信你的马周二肯定可以参加比赛，但我们决定今晚返回伦敦。"警长听后目瞪口呆，上校不相信地撇撇嘴，对警长说道："我对这位从伦敦来的顾问颇为失望，我看不出他来这儿以后有什么进展。"

临走前，福尔摩斯要走了一张斯特雷克的照片。从小马倌那里得知，最近马厩旁的绵羊群里有三只绵羊跛足了。福尔摩斯搓着双手，显得极为满意，"大胆的推测，华生，可我推测得很准确。"

四天后，我和福尔摩斯乘车到温切斯特市去看韦塞克斯杯锦标赛。罗斯上校如约在车站旁迎接我们，他面色阴沉，态度非常冷淡。因为一直到比赛开始，他都没有看到他的马。突然一个声音传入了他的耳朵：

"罗斯上校的银色白额马，五比四！"赛马赌客高声喊道。

"我的马出来了吗？"上校异常焦急不安地喊道，"可是我没看到它，没有我那种颜色的马过来。"

"刚跑过五匹，那匹一定是你的。"我正说着，有一匹矫健的栗色马从围栏内跑出来，从我们面前缓辔而过。

"那不是我的马，"上校高喊道，"马身上一根白毛也没有。"

然而，几分钟之后，罗斯上校的名驹拿下了冠军。这回，罗斯上校倒是承认了这是他的马了。上校急切地说道，"到底怎么回事？福尔摩

斯先生。"

"上校，你马上会知道一切情况的。"我们走进围栏，福尔摩斯说道，"你只要用酒精把马面和马腿洗一洗，你就可以看到它就是那匹银色白额马。"

"你真使我大吃一惊！那杀驯马师的凶手呢？"

"这个罪犯就在我们中间。"福尔摩斯说道。

上校看了看我们，气得满脸通红，"福尔摩斯先生，你太侮辱人了！"

福尔摩斯笑了起来，"真正的凶手就站在你身后，"他指了指上校身后的马。

"这匹马！"上校和我同时高声喊道。

"是的，它是为了自卫而杀人。而约翰·斯特雷克是一个根本不值得你信任的人。"

当晚在火车上，我们听着福尔摩斯详细地讲述那天晚上发生的事和他的解决方法。

"我承认，"福尔摩斯说道，"我到德文郡

去时，也深信辛普森就是罪犯。后来我突然想到那盘咖喱羊肉。弄成粉末的麻醉剂是有气味的，而咖喱正好可以掩盖这种气味。陌生人辛普森不可能带着弄成粉末的麻醉剂前来，而正巧碰到马倌正准备吃掩盖这种气味的菜肴。因此，辛普森的嫌疑就排除了。于是，我的注意重点就落到斯特雷克夫妇身上。只有这两个人能选择咖喱羊肉供这天晚上的晚餐用，并且有能力把麻醉剂放进给小马倌的饭里。而更重要的一点是那条狗，有人进来把马牵走，它竟毫不吠叫，显然，这位来客是这条狗非常熟悉的人——斯特雷克。此时，我已经确信，斯特雷克在深夜来到马厩，把马牵走了。可是他要干什么呢？我找到了第三条线索，我在死者的口袋里发现了那把做外科手术的刀。罗斯上校，注意到围场里的羊了吗？他先在羊身上做了实验，所以羊跛足了。成功后他来实施他的计划，在马的后踝骨腱子肉上从皮下划一小道轻轻的伤痕，马会不舒服，可是谁都不会发现。经过这样处理的马将出现轻微的跛足，而这会被人当成是训练过度或是有点风湿痛，却没人发现这是一个肮脏的阴谋。恰巧斯特雷克捡到了辛普森慌忙逃走时丢下的领带，他打算用来绑马腿。到了坑穴，他走到马后面，点起了蜡烛，可突然一亮，马受到惊吓，出于动物的特异本能预感到有人要加害于它，便猛烈地尥起蹶子来，铁蹄子正踢到斯特雷克额头上，而斯特雷克在倒下时，小刀就把他自己的大腿划破了。可是，他为什么要这么做呢？接下来的线索就是那份账单。一个人不会把别人的账单装在自己的口袋里，所以我立即断定，斯特雷克过着重婚生活，这件案子里一定有一个爱挥霍的女人。我曾趁其不备向斯特雷克夫人打听过这件衣服的事，可是她闻所未闻。所以我带上斯特雷克的照片找到了这位大衣的卖主，事实正是如此。我说得清楚吗？"

"妙啊！"上校喊道，"妙啊！你好像亲眼看到了一样。那当时这匹马在哪里呢？"

"啊，它脱缰逃跑了，你的一位邻居照料了它。呵呵，不过在这个问题上我们必须宽容。"

导读

空屋属于短篇小说，是福尔摩斯《归来记》的第一篇。柯南·道尔在1894年决定停止写侦探小说，在《最后一案》的结尾让福尔摩斯和邪恶的莫里亚蒂在瀑布边展开了殊死搏斗，最后两人双双坠入河中，"葬"身在了无底的深渊。不料广大读者对此愤慨，提出抗议。柯南·道尔只好在《空屋》中让福尔摩斯死里逃生。

归来记

一 空屋

扫码听书

1894年的春天，可敬的罗诺德·阿德尔在莫名其妙的情况下被人谋杀了。

罗诺德·阿德尔是澳大利亚某殖民地总督梅鲁斯伯爵的次子。他特别喜欢打纸牌，但他打得很有分寸，赌注从不大到有损于自己身份的地步。案发的几周之前，他曾跟莫兰上校作为一家，一口气赢了哥德菲·米尔纳和巴尔莫洛勋爵四百二十

镑之多。出事的那天晚上，他从俱乐部回到家里的时间是十点整，十一点二十分梅鲁斯夫人想进她儿子屋里去说声晚安，发现房门从里边锁上了，怎么叫都不见答应。于是找来人把门撞开，只见这个不幸的青年躺在桌边，脑袋被一颗左轮子弹击碎，可是屋里不见任何武器。桌上铺着十小堆钱，数目多少不一。另外有张纸条，上面记了若干数字和几个俱乐部朋友的名字，由此推测遇害前他正在计算打牌的输赢。

现场找不到什么有用的信息，门应该是年轻人插上的。因为凶手不可能把门插上后从窗户逃跑。窗口离地面很高，而地面上没有被踩过的痕迹。但是什么样的人可以用左轮手枪从外面对准窗口放一枪，而造成这样的致命伤，还不被人听见呢？

我反复思考这些事实，竭力想找到一个能解释得通的理论，而这种窘状让我更加地思念福尔摩斯，他的死对社会是多么大的损失啊！傍晚我来观察案发地点的那扇窗户时，不小心撞到一位残疾的老人身上。我赶紧道歉，可是他讨厌地吼了一声，转身就走，下午我回到家时却发现他在等我。

"您没想到是我吧，先生。"他的声音奇怪而嘶哑，"我的小书店就在教堂街拐角的地方。大概您也收藏书吧，不过您的书橱不大整齐，是不是？"

我转头看了看后面的书橱。等回过头来时，夏洛克·福尔摩斯就隔着书桌站在那儿对我微笑。我猛然感到一片白雾在我眼前打转，我似乎晕了过去，隐约中听到一个很熟的声音，"亲爱

的华生，万分抱歉。我一点也没想到你会这样经受不住。"

等我清醒过来时，我紧紧抓住他的双臂，"福尔摩斯！真的是你？难道你还活着？你怎么可能从那可怕的深渊中爬出来？"

他面对着我坐下来，"因为我没有掉下去。当我看到阴险的莫里亚蒂教授站在那条面临悬崖的窄道上的时候，我觉得我的末日真的到了。于是我在得到他彬彬有礼的许可之后，写了那封后来你看到的信，并把信、烟盒和手杖一起留在那里，就沿着那条窄道往前走，他紧跟着我。我走到尽头后他突然冲过来把我抱住。他的一切都完了，只急着对我报复。我们在瀑布边上扭成一团，但我懂点日本式摔跤，从他的两臂中钻了出来，而他则掉了下去。我忽然想到：除了莫里亚蒂外，我还有三个死敌，他们会因为首领的死亡而更疯狂地向我攻击。如果全世界都相信我死了，这三个就会随便行动，很快露面，这样我就能消灭他们。我看到悬崖上有几个立足点，便抓住之后往上爬，有好几次我都差点滑下去，但我终于爬上一块有几英尺宽的岩架，在那儿我能舒服地躺下而不被人看见。可是突然从上面丢下来几块大石头，我知道是莫里亚蒂的同伙，他知道我没死，所以想接着置我于死地。我只好往下爬，这个难度更大，旁边不停地有石头落下，最后我踩空了，但是上帝保佑，我掉到了那条窄道上，摔得头破血流。我爬起来就跑，摸黑走着山路，最后终于找到了我哥哥。但我不能和你联系，因为肯定有人在监视你，我不能让别人知道我活着。我在外面待了三年，去了很多地方。后来听说我的仇人现在只剩下一个在伦敦，也因为花园路奇案引起了我的兴趣，我便回来了。今天晚上我们又有的忙了。"

像过去一样，福尔摩斯坚持办完事之后和我说清楚所有的问题。九点半，我们坐在马车上，沿着他给车夫指示的独一无二的路线，来到了一座房子的后面，这里似乎没人住。爬上了楼，我才发现这是位于贝克街221号对面的卡姆登私邸。

"你看对面。"他说。

我透过玻璃看向了我们从前的寓所。我惊呆了：明亮的窗帘上清楚地映出屋里坐着一个福尔摩斯。

"看见啦？"他说，"这是一座蜡像。其余是今天下午我在贝克街自己布置的。"

"有人在监视你？"

"是的。这人是莫里亚蒂的知心朋友，也就是从悬崖上投石块的那个人。今天晚上在追击我的正是他，可他一点都不知道咱们在追他。"

我朋友的计划渐渐显露出来了：从这个隐蔽的空屋里，监视者正受人监视，追踪者正被人追踪。那边窗户上的影子是诱饵，我们俩是猎人。我们在黑暗中不知道等了多久，突然，我叫道："影子动了！"

"它当然动了，不然如何骗住几个欧洲最狡猾的人？这两个钟头里，赫德森太太已把蜡像的位置改变了八次，每一刻钟一次。"啊！"他突然倒吸了一口气，拽住我退到最黑的屋角。过了一会儿，我才听到轻轻的蹑手蹑脚的声音传了过来。一个黑影弯下身子偷偷地从我们旁边走过去，悄悄地靠近了窗子，无声地把窗户推上去半英尺。这人似乎兴奋得忘乎所以，两眼闪亮。他拿出了一支枪，瞄准之后，满意地叹了一声，然后扣动扳机。"嘎"地一声怪响，跟着是一串清脆的玻璃破碎声。就在这一刹那，福尔摩斯像老虎一样向射手的背上扑过去，把他脸朝下扑倒

了。在我把他按住时，我的朋友吹了一声刺耳的警笛。人行道上马上响起一阵跑步声：雷斯垂德和两个警察从大门冲进屋来，把他抓住了。

雷斯垂德点着了两支蜡烛。我们的囚犯在大喘气，他两边各站着一个身材高大的警察。我看到这个凶恶的囚犯一点都不注意别的人，只盯住福尔摩斯的脸。"你这个魔鬼！"他不停地嘟哝，"你这个狡猾的魔鬼！"

"上校，我还没有介绍你呢，"福尔摩斯说，"先生们，这位是塞巴斯蒂恩·莫兰上校。"

福尔摩斯把那支威力很大的气枪从地板上捡起来了，"真是一件罕见的武器，"他说，"无声而且威力极大。我认识这个双目失明的德国技工冯·赫德尔，这支枪是他给莫里亚蒂教授特制的。我知道有这么一支枪已经好几年了，虽然以前没有机会摆弄它。雷斯垂德，我特别把这支枪，还有这些适用的子弹，都交给你们保管。我想问一下你准备以什么罪名提出控告？"

"什么罪名？自然是企图谋杀福尔摩斯先

生了。”

　　“这不成，雷斯垂
德。我应该恭喜你，你智勇双
全地抓住了这个莫兰上校，也就是他打
死了罗诺德·阿德尔。”

　　送走他们之后，我们回到了我们的老房间，
房里完全没有改变样子。赫德森太太已经高兴地
迎了上来，旁边是在今晚的险遇中作用巨大的
假人。

　　“赫德森太太，我非常感谢你的帮助。现
在，华生，接下来是我们的时间了。”

　　“这个老猎手居然手还不抖，眼也不花，”
他一边检查蜡像的破碎前额一边笑着说，“对准
头的后部正中，恰好击穿大脑。以前在印度他

是最好的射手，我想现在伦敦也很少有比他强的人。来，看看这个。"他把本子递给我，上面是对莫兰上校的详细介绍，旁边有福尔摩斯清晰笔迹的旁注：伦敦第二号最危险的人。

"真叫人惊奇，他还是个体面的军人呢。"

"确实是的，"福尔摩斯回答说，"他在一定程度上干得不错。可是，不知道为什么开始堕落了。后来他和莫里亚蒂在一起，成为他最得力

的助手之一。你可能还记得斯图尔特太太被害的案子，我可以肯定莫兰是主谋，但是一点证据都找不到。他隐蔽得很巧妙，即使在莫里亚蒂匪帮被破获的时候，我们也无法控告他。你还记得那天我到你寓所去看你，为了防气枪，我不是把百叶窗关上了吗？如此一支不平常的枪和一名全世界第一流的射手。当时在悬崖上就是他让我陷入了那样的境况，而只要有他在，我就很难逍遥地活着。后来我看见了罗诺德·阿德尔惨死的消息，我知道了，这不明摆着是莫兰上校干的？他先同这个年轻人一起打牌，然后从俱乐部一直跟到他家，对准敞着的窗子开枪打死了阿德尔。这是毫无疑问的了。可是我回来了，他感到万分惊恐。想立刻把我除掉，而我在窗口给他留了一个明显的靶子，还预先通知警察可能需要他们帮助，最后的结果，你已经看到了。"

"那莫兰上校谋杀罗诺德·阿德尔的动机是什么？"我把本子递回给他时说。

"啊，我亲爱的华生，这一点咱们只能推测

了。从证词中知道莫兰上校和年轻的阿德尔合伙赢了一大笔钱。不消说，莫兰作了弊。我相信就在阿德尔遇害的那天，阿德尔发觉莫兰在作弊。很可能他私下跟莫兰谈过，还恐吓要揭发莫兰，除非他自动退出俱乐部并答应从此不再打牌。而这个要求对靠打牌骗钱为生的莫兰来说，开除出俱乐部就等于毁掉自己。所以莫兰把阿德尔杀了。你觉得这样说得通吗？"

"的确有此可能。"

"这会在审讯时得到证明，或者遭到反驳。同时，不论发生什么，莫兰上校再也不会打搅咱们了。冯·赫德尔这支了不起的气枪将为苏格兰场博物馆增色，福尔摩斯先生又可以献身于调查伦敦错综复杂的生活所引起的大量有趣的小问题了。"

不同的地点被砸碎的拿破仑半身像里有什么秘密？为什么不是偷走而是砸碎呢？真相究竟是什么？

二　六座拿破仑半身像

扫码听书

雷斯垂德先生晚上到我们这儿来坐坐，已经是习以为常的事了。今天他和我们谈起了一件奇事，"你们能想象得到吗？生活在今天的人却非常仇恨拿破仑，抢劫他的半身像之后打碎。"

"抢劫？这倒很有意思。请你讲讲详细情况。"

雷斯垂德说起了这几起案件："第一起发生在四天前，在冒斯·贺得逊的商店，有人趁着店员不在，把柜台上一座拿破仑半身像打碎了，然后逃之夭夭；第二起是今天早晨巴尔尼柯大夫发现他家里的那座拿破仑半身像被人拿到外面花园的墙下撞成了碎片。而当他到了诊所以后，发现另一个拿破仑半身像也被摔碎了。"听完这个，我们面面相觑。

第二天，事态更加严重了，一大早雷斯垂德的电报便来了："立刻到肯辛顿彼特街131号来。"

我们到了之后，雷斯垂德说："又是拿破仑半身像的事，已经发展到谋杀了。"

131号的主人哈克先生是中央报刊的记者，他想把自己家里发生的这桩案子写成新闻稿，好发表在报纸上。他对我们说："凌晨三点左右我听见楼下传来一点声音，又过了五分钟，突然传来一声非常凄惨的吼叫。我来到楼下，看到窗户大开着，半身像已不见了。我又壮着胆子，打开大门，摸黑走出去，不料差点被一个死人绊倒，尸体就横在那儿。"

雷斯垂德说："没有什么东西可以表明被害者的身份。不过他口袋里有一张照片。"我们看到照片上的人长得很特别，像是一张狒狒的

脸，相信见过他的人肯定很难忘记。

福尔摩斯仔细地看过以后问："那座半身像怎么样了？"雷斯垂德回答："塑像在不远处的一所空房子的花园里找到了，已经被打得粉碎。"

福尔摩斯检查了一下现场之后，告别了正在写新闻稿的哈克先生。我们一起来到了打碎半身像的地方，离这所房子仅仅二三百码远。如果说小偷为了不被人发现，而想找一栋空房子的话，在他路过的地方就有一栋空房子，为什么不在那里打碎呢？我们正疑惑着，福尔摩斯指着我们头上的路灯，说："看，在这儿他能看得见，在那儿却不能，所以他把半身像放到这里来打碎了。"

雷斯垂德恍然大悟："噢，确实如此。巴尔尼柯大夫的半身像就是在离灯光不远的地方被打碎的。"

"不错。等会儿你去见哈克先生的话，请替我告诉他，我认为，昨晚来他家的是个杀人狂，而且有仇视拿破仑的疯病。这对于他所写的报道是有用的。我们得去追查半身像的来源了。"福尔摩斯对雷斯垂德说道。

我们很快来到了冒斯·贺得逊先生的商店。贺得逊先生说他从盖尔得尔公司进了三座半身像，一座被人在柜台上打碎了，另外两座卖给了巴尔尼柯大夫。他认出了照片上的人是意大利人倍波，曾在这里干过活儿，在半身像被打碎的前两天离开的。

我们又来到盖尔得尔公司，经理告诉我们，一年前卖给冒斯·贺得逊商店的三座和另外卖给

哈定兄弟公司的三座是一批货。这六座像都一样，他不知道为什么有人要毁坏这些塑像。当我们给他看那张照片的时候，他气得脸都发红了，"啊，这个恶棍！我们公司的名声都被他毁坏了。一年多以前，警察就是在我们这里把他抓走的，他叫倍波。"

"我看到你们的账目上说塑像是六月三日卖出的，那他是什么时候被捕的？"

经理查询了一下工资账目后说："五月二十号。"

福尔摩斯嘱咐经理为我们的调查保密，然后便起身往回走了。一直忙到下午四点钟，我们才在一家饭馆匆忙地吃了午饭。这时，报童叫着："肯辛顿凶杀案，疯子杀人。"这说明哈克先生的报道被刊登了。

吃完饭后，我们到了哈定兄弟公司。从他那里，我们知道了其他三座雕像的下落：一座卖给哈克先生，一座卖给齐兹威克区拉布诺姆街的卓兹雅·布朗先生，第三座卖给瑞丁区下丛林街的珊德福特先生。

福尔摩斯对于所了解到的内容很满意，而雷斯垂德呢？我们回到贝克街见到他的时候，他也很满意。因为他已经弄清楚了死者的身份：彼埃拙·万努齐，意大利黑手党的成员。他认为照片上的人也是黑手党成员，可能违反了组织的纪律，正在被彼埃拙追踪，彼埃拙和他在扭打中受了致命伤。至于小偷小摸，抓住了也就关半年监狱。所以首先应当调查凶杀案。他接下来要去意大利人聚集区找人了。

福尔摩斯说道："不，我想很可能会在齐兹威克区找到他。只要今晚咱们一起去那里，我有很大的把握抓住凶手。亲爱的华生，你帮我叫一个紧急通信员。"说完，他就走上阁楼，去翻阅旧报纸的合订本。等他走下楼时，眼睛里流露出胜利的目光。

事态发展到现在，我很赞赏我的朋友的机智，他在晚报上塞进了一个错误的线索，使得这个凶手以为他可以继续作案而不受惩罚。我们十一点钟到达一片居住区，在"拉布诺姆别墅"

173

门口守候着。没等多久，一个灵活的黑色人影便进入了这栋房子。不一会儿他腋下又夹着一件白色的东西出来了。他看四下无人，立刻把半身像砸碎了。他干得很专心，所以并没有听见我们的脚步

声。于是福尔摩斯猛虎般地扑向他的后背，雷斯垂德和我立即抓住他的手腕并且给他戴上了手铐。当我们把他扭转过来时，我这才看清我们抓到的确实是照片上的那个人。

　　可是，福尔摩斯却不去注意我们抓到的人，他蹲在台阶上仔细地检查这些碎片。这时，房子的主人卓兹雅·布朗先生出来了，"您准是福尔摩斯先生吧？我收到通讯员送来的急信，便完全按照你所说的把每扇门全从里面锁上了。我很高兴你们抓到了这个人，先生们，请你们到屋里来休息一下。"

rán ér léi sī chuí dé jí yú bǎ fàn rén sòng dào ān quán de dì fang
然而雷斯垂德急于把犯人送到安全的地方，

suǒ yǐ wǒ men lì kè dòng shēn huí qù le fēn shǒu shí léi sī chuí dé
所以我们立刻动身回去了。分手时，雷斯垂德

shuō fú ěr mó sī xiān sheng wǒ hái méi wán quán dǒng de zhè shì zěn me
说："福尔摩斯先生，我还没完全懂得这是怎么

yì huí shì
一回事。"

fú ěr mó sī shuō ng wǒ hái yǒu diǎn xiǎo shì méi yǒu nòng qīng
福尔摩斯说："嗯，我还有点小事没有弄清

chu míng tiān wǎn shang liù diǎn wǒ huì xiàng nǐ men jiě shì de
楚，明天晚上六点我会向你们解释的。"

dì èr tiān wǎn shang dà jiā jiàn miàn de shí
第二天晚上大家见面的时

hou léi sī chuí dé gěi wǒ men jiǎng le zhè ge
候，雷斯垂德给我们讲了这个

fàn rén de xiáng xì qíng kuàng bèi bō xìng
犯人的详细情况：倍波，姓

shì bù xiáng tā zài yì dà lì rén jù jí
氏不详，他在意大利人聚集

de dì fang shì gè chū míng de huài dàn
的地方是个出名的坏蛋，

tè bié huì zuò sù xiàng dàn tā jù jué
特别会做塑像。但他拒绝

huí dá huǐ huài sù xiàng de yuán yīn
回答毁坏塑像的原因。

zhè shí mén líng xiǎng
这时，门铃响

le yí wèi miàn sè hóng rùn de
了。一位面色红润的

lǎo rén shuō xià luò
老人说："夏洛

kè fú ěr mó sī xiān
克·福尔摩斯先

sheng zài zhèr ma
生在这儿吗？

wǒ shì ruì dīng qū xià
我是瑞丁区下

丛林街的珊德福特，您给我来信说您愿意付十磅购买我手里的拿破仑半身像？"我的朋友微笑着点了点头。珊德福特先生接着说道："虽然我不富有，但是我是诚实的。我买这座塑像的时候只花了十五个先令。"

"您的顾虑说明了您很诚实。不过我已经定了这个价钱，不会改变的。"福尔摩斯说道。

于是老人在转让书上签了名，拿走了十磅纸币。出乎意料的是，客人刚走，福尔摩斯就把塑像打碎了。他找了一会儿，便举起一块嵌着一颗深色东西的碎片，高声嚷道："先生们，让我把著名的包格斯黑珍珠介绍给你们吧！"

雷斯垂德和我一下子愣住了。极度的惊叹使我们突然鼓起掌来。他继续道："先生们，这是世界上现有的最著名的珠宝，当时它从科隆那王子的卧室丢失后，造成了多么大的震动。我怀疑过王妃的那个意大利女仆——芦克芮什雅·万努齐，当局查明她还有个兄弟。但当时无法查到他们之间有没有联系。我想两天前那个死者就是她的兄弟。我查看过报上的日期，珍珠是在倍波被捕前两天遗失的。倍波确实拿到了珍珠，也许是从彼埃拙·万努齐那儿偷来的。结果警察来追捕他的时候，他跑到工厂，在快要做好的湿石膏像上挖了个小洞，把珍珠放到里面，这样就避免被警察搜走。倍波被关了一年，同时那六座石膏像被卖到伦敦各处。他不知道哪座像里有那颗珍珠。于是他去这些店里干活，搞清楚半身像的下落之后就发生了砸碎事件。后来他发现被彼埃拙跟踪，就杀死了他。恰好彼埃拙身上带着他的照片，以便找不到他的时候可以拿出来问他的下落。在前四个都没有找到的情况下，他肯定先找的是离伦

敦最近的塑像，所以我通知了那家主人，抓住了他。但是那里也没有。我肯定他要找的东西在最后的那座里。所以，我当着你们的面从物主那儿买来——珍珠就在这儿。"

"福尔摩斯先生，我看你处理过许多案件，但是都不像处理这个案件那样巧妙。我们真的非常以你为荣。"雷斯垂德诚恳地说。

"谢谢你！如果你遇到什么新的问题，我将会尽可能地助你一臂之力。"我从来没有见到过他由于人类的温暖感情而像现在这样激动。

这是福尔摩斯破译密码的经典案例。谁在看到这样的小纸条不会会心一笑地以为是小朋友的杰作呢？谁又能真正破解跳舞小人代表的密码呢？跳舞小人究竟代表的是什么？看看福尔摩斯的经典推理。

三　跳舞的人

扫码听书

希尔顿·丘比特先生给我们带来了一张画着奇怪符号的纸条，并告诉我们这张画着跳舞的奇形怪状的小人让他的妻子怕得要命，所以他来找我们了。

之后，他给我们讲述了他的故事。他的妻子是美国人，名叫埃尔茜·帕特里克。他们是一年前在伦敦参加维多利亚女王即位六十周年纪念时相识的。结婚前，埃尔茜就告诉他自己过去的经历很痛苦，所以要忘掉过去。他为此承诺，只要妻子不说，他绝对不问。婚后，他们过得非常幸福。但是一个月前，他的妻子接到了一封美国寄来的信。她的脸变得煞白，把信读完就扔进火里烧了。她不提这件事，所以他也不问，因为他认为必须遵守诺言。但从那时起，她的脸上就带着恐惧的样子。一个星期前，他发现在一个窗台上画了一些跳舞的小人，问家中的仆人都说不知道。于是他把小人刷掉了，然后告诉了妻子。他妻子要求下次再有这样的画出现，一定让她看一看。一直到昨天早晨，他又在花园日晷仪上找到这张纸条。埃尔茜看到后立刻昏倒了。以后她就精神恍惚，眼睛里充满了恐惧。这张纸条就是这样的：

福尔摩斯看完后说道："这些难懂的符号显然有其含义。我相信可以弄清楚。但是，仅有的这一张太简短，而最早画在窗台上的没有复制下来，所以我无从着手。我建议您先回去，把可能出现的新的跳舞的人临摹下来。再细心打听一下，附近来过什么陌生人。等收集到新证据，就再来这儿。如果有什么紧急的新发展，我随时可以赶到您家里去。"

差不多两个星期后，丘比特先生再次来到贝克街，看得出来，他又焦急又沮丧，而且他说他的妻子虽然什么都不说，但是明显地一天天瘦下去。就在他上次回去后的第二天，工具房门口出现了第二张用粉笔画上去的跳舞的小人。他给临摹了下来：

而且他擦掉以后过了两天，又出现了新的：

由此，丘比特先生在工具房旁边守株待兔，希望能够抓住那个诡异的绘画人。可是当那个人影出现的时候，他却被妻子使劲儿抱住让他逃走了。他们为此大吵一架，他的妻子解释说是因为担心他会遭到不幸。第二天早上，当希尔顿·丘比特先生再次检查工具房

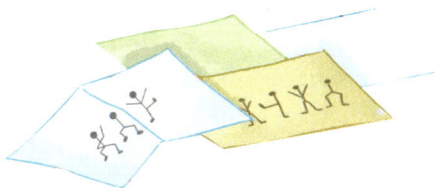

的时候，在上次的图画旁边发现了新的图画：

谈话自始至终，福尔摩斯始终保持着他那种职业性的沉着。但丘比特的背影刚从门口消失，我的朋友就急忙跑到桌边，把所有的纸条都摆在自己面前，开始进行精细复杂的分析。一连两小时，他把画着小人和写上字母的纸条，一张接一张地来回掉换。他全神贯注地工作着：干得顺手的时候，便一会儿吹哨，一会儿唱起来；有时给难住了，就好一阵子皱起眉头、两眼发呆地望着。最后，他满意地叫了一声，从椅子上跳起来，在屋里走来走去，不住地搓着两只手。然后他发了一个电报，并对我说："华生，如果回电中有我希望得到的答复，你就可以在你的记录中添上一件非常有趣的案子了。我希望咱们明天就去丘比特先生家，好让他知道烦恼的原因。"

但是，一直等到昨天，我们才再次收到丘比特先生的来信，说他家中平静无事，只是清早又

^{zài rì guǐ yí shang kàn dào le yì háng tiào wǔ de rén}
在日晷仪上看到了一行跳舞的人：

^{fú ěr mó sī kàn hòu wú bǐ jǐn zhāng dāng wǎn wǒ men jiù jué dìng gǎn}
福尔摩斯看后无比紧张。当晚我们就决定赶

^{qù dàn shì mò bān chē gāng kāi zǒu wǒ men zhǐ hǎo zuò dì èr tiān de tóu}
去，但是末班车刚开走，我们只好坐第二天的头

^{bān chē kě shì wǒ men wǎn le yí bù wǒ men gǎn dào shí zhàn zhǎng}
班车。可是，我们晚了一步。我们赶到时，站长

^{gào su wǒ men qiū bǐ tè tài tai xiān ná qiāng dǎ sǐ le zì jǐ zhàng}
告诉我们："丘比特太太先拿枪打死了自己丈

^{fu rán hòu yòu dǎ zì jǐ tā suī rán hái méi yǒu sǐ yě kuài bù xíng}
夫，然后又打自己。她虽然还没有死，也快不行

^{le zhè shì tā men jiā de yōng rén shuō de ài tā men yuán běn shì zhè}
了。这是他们家的佣人说的。唉，他们原本是这

^{lǐ zuì tǐ miàn de yì jiā}
里最体面的一家！"

^{zài mǎ chē xíng shǐ de cháng dá qī yīng lǐ de lù shang fú ěr mó sī}
在马车行驶的长达七英里的路上，福尔摩斯

^{yí jù huà yě méi shuō wǒ hěn shǎo jiàn tā zhè yàng shī wàng guò}
一句话也没说。我很少见他这样失望过。

^{mǎ chē gāng dào dà mén qián yí gè duǎn xiǎo jīng hàn de rén yě cóng lìng}
马车刚到大门前，一个短小精悍的人也从另

^{yí liàng mǎ chē shang zǒu xià lái tā jiè shào zì jǐ shì dāng dì jǐng chá jú}
一辆马车上走下来，他介绍自己是当地警察局

^{de mǎ dīng jǐng zhǎng dāng tā tīng dào wǒ tóng bàn de míng zi shí fēi cháng jīng}
的马丁警长。当他听到我同伴的名字时，非常惊

^{yà à fú ěr mó sī xiān sheng zhè jiàn}
讶，"啊，福尔摩斯先生，这件

^{àn zi shì líng chén sān diǎn fā shēng de nín zài}
案子是凌晨三点发生的。您在

^{lún dūn zěn me zhī dào de ér qiě gēn wǒ yí}
伦敦怎么知道的，而且跟我一

^{yàng kuài jiù gǎn dào le xiàn chǎng}
样快就赶到了现场？"

"我已经料到了。我来这儿是希望阻止它发生。可还是晚了。现在我希望马上听取证词，进行检查，一点都不要耽误。"福尔摩斯严肃地说。

我感到他的决心，他迫切地要为这位他没能搭救的委托人报仇。马丁警长是个明智的人，他非常相信我的朋友的能力，自己只是把结果仔细记下来。

发现事故的两个女仆讲得十分清楚。她们被爆炸声惊醒，一出房门就闻到了走廊里浓烈的火

药味儿。等她们赶到书房的时候发现：主人已经死了；夫人就在挨近窗户的地方伤得非常重且满脸是血；窗户是关着的，并从里面插上了。她们立即就叫人去找医生和警察。就她们所知，这对夫妻从来没有吵过架。她们一直把他们夫妇看作非常和睦的一对。

外科医生告诉我们，女主人的伤势很严重，虽然不致命，但要取出子弹需要做一次复杂的手术。子弹是从前额打进去的，他还不敢肯定是被

打伤还是自伤，但肯定是从距她很近的地方打的。房间里发现一把能放六颗子弹的手枪，枪里现在还剩四颗子弹，加上打中丘比特先生和夫人的两颗，正好六颗。丘比特先生的心脏被子弹打穿。可以设想为他先开枪打他妻子，也可以设想为他妻子是凶手，因为那支手枪就掉在了他们正中间的地板上。

听完证词后，我们到了书房。福尔摩斯突然说："我们刚说到有六颗子弹，请问包括打在窗户框上的这颗吗？"他指着离窗户框底边一英寸地方的一个小窟窿。警长大声说，"您是怎么看见的？"

"因为我在找它。"

"惊人的发现！"乡村医生说，"那就是一共放了三枪，一定有第三者在场。但是，这是谁呢？"

"这正是咱们就要解答的问题，"福尔摩斯说，"警长，您记得在那两个女仆讲到她们一出房门就闻到火药味儿的时候，我说过这一点极其重要。"

"是的。坦白说，我当时不大懂您的意思。"

"这就是说在打枪的时候，门窗都是开着的，否则火药的烟不会那么快吹到楼上去。可是门窗敞开的时间很短。因为那支蜡烛没有给风吹得淌下蜡油来。"

"对极了！"警长赞叹道。

"我肯定了这场悲剧发生的时候窗户是敞开的这一点以后，就设想到其中可能有一个第三者，他站在窗外朝屋里开了一枪。这时候如果从屋里对准窗外的人开枪，就可能打中窗户框。我一找，果然那儿有个弹孔。至于关上窗户是由于女主人的本能。"

检查完房间，我们又到了花坛。花坛里的花踩倒了，潮湿的泥土上满是男人的脚印。福尔摩斯在草地上找到了一个铜的小圆筒。

"不出我所料，"他说，"这就是第三枪的弹壳。马丁警长，我想咱们的案

子差不多办完了。"

马丁警长惊奇地看着他，问："那是谁打的呢？"

"我以后再谈。不过首先我想知道附近是否有一家叫做'埃尔里奇'的小旅店？"

这时小马倌帮了点忙。他记起有个叫埃尔里奇的农场主，离这里只有几英里，但是非常偏僻。于是福尔摩斯请他帮忙送封信过去。

他把地址和收信人姓名写得很零乱，信上写的是：诺福克，东罗斯顿，埃尔里奇农场，阿贝·斯兰尼先生。并嘱咐小马倌把信交到收信人手里，特别记住不要回答收信人可能提出的任何问题。然后，他又吩咐所有的佣人：如果有人来看丘比特太太，立刻把客人领到客厅里。

"也许你们希望我解释点什么来帮你们消磨一下时间，"

福尔摩斯一边说一边坐下，又把那几张画着滑稽小人的纸条摆开，"希尔顿·丘比特先生曾经两次来贝克街找我商量。"他接着就把我前面已经说过的那些情况，简单扼要地重述了一遍。"在我面前摆着的，就是这些罕见的作品。在我看到这些内容的时候，我猜想这应该是某种特殊的密码。而关键是如何用密码的规律来找到答案。在交给我的第一张纸条上的那句话很短，我只能稍有把握假定代表E，因为E是最常见的。这些图形中，有的带一面小旗，大多数则没有。我猜测带旗的图形是用来划分单词的。丘比特先生第二次拿来的纸条中，有一个由五个符号组合的单词，我找出了第二个和第四个都是E。这个单词可能是sever（切断），也可能是lever（杠杆），或者是never（决不）。毫无疑问，使用最后这个词来回答一项请求的可能性极大，而且种种情况都表明这是丘比特太太的答复。假如这个判断正确，那么这三个符号 ⚑ ⚐ ⚑ 分别代表N、V和R。

"一个很妙的想法使我知道了另外几个字

母。我假想这些恳求是一个很熟悉丘比特太太的人说的，那么一个两头是E，当中有三个别的字母的组合很可能就是ELSIE（埃尔茜）这个名字。

我一检查，发现这个组合曾经三次构成一句话的结尾。这样的一句话肯定是对'埃尔茜'提出的恳求。这一来我就找出了L、S和I。可是，究竟恳求什么呢？在'埃尔茜'前面的一个词，只有四个字母，最后一个是E。这个词必定是come（来）无疑。我试过其他各种以E结尾的四个字母，都不符合情况。这样我就找出了C、O和M，而且现在我再来分析第一句话，还不知道的字母就用横线代替。经过这样的处理，第一句话就成了这样：

　　　　_ _ M _ _ E R E _ _ _ _ E S L _ _ N E.

"现在，第一个字母只能是A。这是最有帮助的发现，而且它在句中出现了三次。第二个词的开头也只能是H。这一句话现在成了：

　　　　AM HERE ABE SLANE.（我已到达。阿贝·斯兰尼）

yī cǐ lèi tuī dì èr jù dú chū lái shì zhè yàng de
"依此类推，第二句读出来是这样的：

A _ _ E L R I _ _ E S.

zhè yí jù zhōng wǒ zhǐ néng zài quē zì mǔ de dì fang jiā shàng
"这一句中，我只能在缺字母的地方加上 T
hé cái yǒu yì yì yì wéi zhù zài āi ěr lǐ qí suǒ yǐ wǒ cái
和 G 才有意义（意为：住在埃尔里奇），所以我才
wèn shì fǒu yǒu jiào zhè ge míng zi de lǚ guǎn
问是否有叫这个名字的旅馆。

yīn wèi ā bèi shì gè měi guó shì de biān xiě ér qiě zhè xiē má fan
"因为阿贝是个美国式的编写，而且这些麻烦
de qǐ yīn yòu shì cóng měi guó jì lái de yì fēng xìn nǚ zhǔ rén duì dài zì
的起因又是从美国寄来的一封信，女主人对待自
jǐ de guò qù hé zhěng jiàn shì qing de tài dù ràng wǒ xiāng xìn zhè jiàn shì dài yǒu
己的过去和整件事情的态度让我相信这件事带有
fàn zuì de nèi qíng suǒ yǐ wǒ cái gěi niǔ yuē jǐng chá jú yí gè péng you fā
犯罪的内情。所以我才给纽约警察局一个朋友发
le yì fēng diàn bào xún wèn ā bèi sī lán ní zhè ge míng zi tā de
了一封电报，询问阿贝·斯兰尼这个名字。他的
huí diàn shì cǐ rén shì zhī jiā gē zuì wēi xiǎn de piàn zi jiù zài wǒ
回电是：'此人是芝加哥最危险的骗子。'就在我
jiē dào huí diàn de nà tiān wǎn shang xī ěr dùn qiū bǐ tè gěi wǒ jì lái le
接到回电的那天晚上，希尔顿·丘比特给我寄来了
ā bèi sī lán ní zuì hòu huà de yì háng xiǎo rén yòng yǐ jīng zhī dào de
阿贝·斯兰尼最后画的一行小人。用已经知道的
zhè xiē zì mǔ yì chū lái jiù chéng le zhè yàng de yí jù huà
这些字母译出来就成了这样的一句话：

E L S I E _ R E _ A R E T O M E E T T H Y G O _

zài tiān shàng hé zhè jù huà jiù wán zhěng le
"再添上 P 和 D，这句话就完整了
yì wéi āi ěr xī zhǔn bèi jiàn shàng dì
（意为：埃尔茜，准备见上帝）。
kàn dào zhè ge wǒ men lì kè gǎn le guò lái kě
看到这个，我们立刻赶了过来，可
shì réng rán wǎn le yí bù
是仍然晚了一步。"

"那我们是不是立刻去抓他呢？"警长问。

"您不必担心，我已经写信请他来了。您看，这不是来了吗？"

就在门外的小路上，有一个身材高大、皮肤黑黑、挺漂亮的家伙正迈着大步走过来。我们静静地等了片刻，他刚进门，福尔摩斯立刻用手枪柄照他的脑袋给了一下，马丁也把手铐套上了他的腕子。这个家伙瞪着一双黑眼睛，把我们一个个都瞧了瞧，突然苦笑起来，"我是接到丘比特太太的信才来的。难道是她帮你们给我设下了这个圈套？"

"丘比特太太受了重伤，现在快死了。至于那封信，是我写的。"

这人发出一声嘶哑的叫喊，响遍了全屋。

"你胡说！"他拼命嚷着说，"受伤的是希尔顿，不是她。谁忍心伤害小埃尔茜？而除了我们帮里的人以外，从来没有人知道跳舞人的秘密。

你怎么写出来的？"

"有人发明，就有人能看懂。"福尔摩斯说，"阿贝·斯兰尼先生，你威逼一位体面的夫人离开自己的丈夫，并直接杀死了男主人，导致女主人伤心得举枪自杀。现在，你还有时间对你所造成的伤害稍加弥补。丘比特太太已经使自己蒙受谋杀丈夫的重大嫌疑，为了她你至少应该做点什么。"

"这正合我意，"这个美国人说，"我跟埃尔茜从小就认识。我们一共七个人，在芝加哥结成一帮，埃尔茜的父亲是我们的头子。他发明了这种秘密文字。可是埃尔茜不能容忍我们的行为。于是她逃到了伦敦，还和这个英国人结婚了。我得到她的地址后，给她写过信，但是没有得到回信。所以我来找她了，并用这种文字约好早上三点见面，谁知她丈夫拿着枪冲了进来。我们几乎同时开的枪，我把他打中了，他却没有打中我。然后我就逃走了。今天接到你的信就傻乎乎地过来自投罗网了。"

警长把他带走了。我看着福尔摩斯写的那张纸条，上面只有这样一行跳舞的小人：

"如果你使用我解释过的那种密码，"福尔摩斯说，"你会发现它的意思不过是'马上到这里来'。当时我相信这是一个他绝不会拒绝的邀请，因为他想不到除了埃尔茜以外，还有别人能写这样的信。"

后来，阿贝·斯兰尼被判劳役监禁。丘比特太太复原后，用她的全部精力帮助穷人和管理她丈夫的家业。

跳舞的小人
解读表

A	B	C	D	E	F	G	H	I	J	K	L	M

N	O	P	Q	R	S	T	U	V	W	X	Y	Z

读后感

真心英雄 — 福尔摩斯
——读《血字的研究》有感

相信在人们心中，除了福尔摩斯，谁都无法真正代替"神探"这个称呼。假期里，我读了《福尔摩斯探案集》，立即被深深地吸引住了。

《血字的研究》是这本书的第一案，就在福尔摩斯和华生的初次见面时，福尔摩斯就迅速地推断出了华生刚从阿富汗战场归来，这令华生大为吃惊。当福尔摩斯对他的推理过程进行了解释后，不仅是华生，我也被深深地折服了。在没有一丝线索和背景的情况下，只是凭着第一眼的印象和短时间的观察，就能得到结果。这可真是一个引人入胜的开篇！这些迫使我不得不接着看下去。

接下来，一个诡异的杀人现场展现在我的眼前，官方侦探的推测似乎都有道理，但是随着福尔摩斯的分析，整个事情逐渐被细化，答案似在情理之中，却又在意料之外。最终，官方侦探的骄傲在事实面前土崩瓦解。

这个有着鹰钩鼻、头戴猎鹿帽、身

材瘦削、口衔烟斗的人让我非常钦佩。他遇事冷静，思维敏捷，观察力超群，推理分析缜密。他可以仅用几秒钟就穿好大衣戴好围巾，跟踪疑犯直捣虎穴；他可以对犯罪现场巨细无遗地检查；他仅用三天就解决了令官方侦探束手无策的难题。孤立地看这些，他简直是个神，能未卜先知。尽管福尔摩斯是小说中的人物，我却从不怀疑他的真实性。因为他所展示的一切都是有原因的：他的敏捷是通过无数次训练和实战得来的，他的知识是靠亲身实践和细致观察得到的。

除此之外，尤其值得一提的是本案的杀人凶手——杰弗逊·侯波。这位带有大侠风范的人物，来去无踪，报仇时的深思熟虑，手刃仇人后的从容不迫，真是让人感叹。我相信他临死时的笑容肯定是安详的，也许只有被福尔摩斯制服，对他才是最好的尊重。

真心英雄——夏洛克·福尔摩斯就是这么有魅力，相信你看完《福尔摩斯探案集》后，也会有跟我一样的感受！

点评

本文着重对《血字的研究》一案进行了描述和分析，对福尔摩斯的特点进行了提炼和概括，这都显示了小作者训练有素的观察能力和语言运用能力，是一篇不错的高年级范文。

相知于江湖

——福尔摩斯与华生

看完《福尔摩斯探案集》后，已经习惯了每篇故事中偕同出现的两个身影：福尔摩斯与华生。

相识之初，华生曾形容福尔摩斯的头脑像一台毫无差错的精密计算机，他程序化地判断每一件事物，没有一点人情味儿。同时，他反感福尔摩斯的骄傲和狂妄。很快，华生知道了福尔摩斯的本领，对他由衷的钦佩，之后就用最诚恳的方式对待着这位朋友。《血字的研究》中，福尔摩斯出去查案，不管多晚华生都会等到他平安归来；《博斯科姆比溪谷疑案》中，华生已经结婚了，从合租的贝克街221号B搬了出去，但当他收到福尔摩斯一个需要帮助的电报后，就推掉所有事情跑去；《空屋》中，当华生知道福尔摩斯还活着时，那种真诚的、发自肺腑的感情令作为读者的我都被深深感动；《跳舞的人》中，委托人身亡，福尔摩斯非常难过，华生会想尽办法劝解他，陪着他……

这样的华生，终于融化了福尔摩斯一向的冰冷。他在办案时总是带着华生，无比珍惜华生对

自己的赞扬。两人之间那无可比拟的友情，令人感叹友谊的伟大。

看着他们，想到我们自己，对待你的朋友，你是否像华生一样诚恳热情？你是否像福尔摩斯一样珍惜朋友的友情？没有朋友，人生终将索然无味。

点评

本文小作者能够另辟蹊径，从常规的对福尔摩斯的断案能力进行评述的圈子里跳出来，以福尔摩斯和华生的友谊作为主题，视角独特。并对华生加强了观察，将一系列案件中有关华生的细节进行提炼，独具匠心，非常值得称赞。

永远的神探 —— 福尔摩斯
—— 读《福尔摩斯》有感

他没有动画中柯南的高科技用品，没有包青天身后庞大的后备力量，而福尔摩斯，依靠着自己的智慧和能力，用一根烟斗，一个放大镜，与各种犯罪力量周旋斗争。

他的勇气让我佩服。《巴斯克维尔的猎犬》中，他只身一人勇闯沼地，潜伏数日，最终破解了这个恐怖的传说。

他的缜密让人惊叹。《六座拿破仑半身像》中，他能够从拿破仑像在灯光下被砸碎的细节联想到黑珍珠。

他的动作让人惭愧。《血字的研究》中，几秒钟时间他就能迅速跟上嫌疑人的马车。

他的毅力让人钦佩。《跳舞的人》中，对密码的反复比对，冥思苦想，丝毫不言放弃。

我想，这就是福尔摩斯的形象在时间的长河中永不褪色的原因。因为福尔摩斯就是通过不断地学习、不断地钻研和不断地实践才使自己成为了名副其实的神探。

而回头看看我自己，真是自惭形秽。我常常在做题时，看到困难就退缩，有要写的作文就到网上去搜索。生活的安逸使我们越来越畏难；高科技的工具让我们越来越懒散。也正因为如此，我们的生活少了些许精彩，多了一些遗憾。我要学习福尔摩斯，在困难面前不低头，不放过任何一个锻炼自己的机会，努力提高自己，成为一个对社会有所贡献的人。

点评

　　本文的小作者能将不同案件中福尔摩斯的品质和能力概括出来，并且联系到日常生活中，写出了"我"对福尔摩斯的精神和品质的赞叹。这是一种常见的读后感的形式。

不拘一格的跳舞小人

——读《跳舞的人》有感

以前常听人夸赞福尔摩斯以及他的故事，据说就连爱因斯坦在写《物理学的进化》一书时，都忍不住用福尔摩斯来做全书的开头。他从福尔摩斯的侦破过程，说到科学家寻找自然奥秘的一般方法。比如，福尔摩斯能够辨识一百四十多种烟灰；熟悉各种不同职业的人的手形；仅凭对方裤管上的几片泥点，就可以判断他去了哪里……

这样的夸奖，令我十分好奇，便翻开了《福尔摩斯探案集》。其中，我最喜欢的就是《跳舞的人》，这是我所读过的最经典的关于破解密码的一部作品。古灵精怪、荒诞无稽的小人，透露着一股神奇的吸引力，让我翻来覆去地读了好几遍。

福尔摩斯在委托人来找他求助时，就很快意识到这些跳舞的小人，代表的是一个个英文字母。想想看，用手舞足蹈的小人来代表字母，这是何等的有创意！发明者和使用者都以为这样的密码无人能解，福尔摩斯却说：有人发明，就有人能看懂。甚至以其人之道还治其人

之身，用同样的符号吸引凶手自投罗网，这便是他的高明之处。

福尔摩斯是一个有着非凡智慧和才干的人。他的故事启发我们：在做任何事情的时候，都要认真思考。任何令人匪夷所思的事情在智慧超群的人面前，都会变得简单明了。

虽然我还是小学生，不是接触离奇案件的侦探，但是我依然要学习福尔摩斯的这种刻苦钻研的精神。他会使我变得更加优秀，更加具有智慧。

点评

本文从《跳舞的人》一案入手，去描述分析福尔摩斯的断案能力。其中小作者能引用爱因斯坦在著作中对福尔摩斯的评价是本文一大亮点，为本文增色不少。

福尔摩斯与华生：光与影
——读《福尔摩斯》有感

最近，我读了一本有趣的书——《福尔摩斯探案集》。福尔摩斯高超的断案技巧、缜密的思维令人非常欣赏，但是我更欣赏的是他的助手——华生医生。

假如没有华生，福尔摩斯仍旧是那个只会办案的福尔摩斯，却会让我们少了许多乐趣，难以体会到他很少表现出的温情。华生把大量的时间都用在了协助福尔摩斯办案上，他可以为了福尔摩斯去受过诅咒的巴斯科维尔庄园；不管多晚都会等待福尔摩斯归来；懊丧时给福尔摩斯勇气；灰心时给福尔摩斯鼓励。并且，华生在一次次破案中显示出他惊人的智慧、高超的医术以及卓越的判断力。这一切都表明，他其实也可以成为一个很了不起的侦探。然而，在金光闪闪的福尔摩斯面前，华生只是充当了"影子"的角色。但是无可否认，他是一位最成功的"影子"。

在我们的生活中，有许多英雄，但是更多的却是像华生那样无私奉献的人。我们不能以成名或者不成名来衡量一个人是不是英雄，因为他背后倾注的往往是更多人的努力。他们并不能都站在"名人榜"上，但是，如同有光的地方就有影子的存在。失去了影子，光只是一片孤单的惨白而已。

点评

　　一般文章都会着重对福尔摩斯进行描述，本文却从华生入手，显示了小作者不同的思考角度。并运用了"有光的地方就有影子的存在"的哲理来突出华生的贡献，有着新颖的视角和巧妙的构思。